# 매화전

서유경 옮김

박문사

　〈매화전〉은 매화와 양유의 만남과 이별, 그리고 결연 과정을 중심으로 전개되는 고전소설이다. 기존 연구에서 현재까지 소개된 〈매화전〉 자료는 27편 정도인데, 이후 수집된 자료들이 있음을 고려하면 편수는 더 늘어날 것으로 보인다. 〈매화전〉의 경우에는 필사본만 전해지는 것으로 파악된다.

　처음에 〈매화전〉이 학계에 소개될 때에는 새로운 판소리계 소설일 수도 있다고도 하였으나 지금까지 논의된 바로는, 판소리 혹은 판소리계 소설의 영향은 받았을지 모르지만 판소리계 소설은 아니라고 판단된다. 〈매화전〉은 서사 전개나 구성 등을 볼 때 애정소설뿐만 아니라 도선소설, 영웅소설, 판소리계 소설 등 다양한 고전소설 유형의 성격을 지니고 있어 흥미롭다.

　〈매화전〉의 형성 시기나 향유 시기를 구체적으로 확정 짓기는 어려운 상황이다. 그렇지만, 〈매화전〉의 주요 내용이나 문체, 서사 전개 등에서 여러 가지 고전소설의 유형적 특징을 보여준다는 점을 고려할 때, 이러한 소설들보다는 후대에 형성되었을 가능성이 높다고 할 수 있다. 〈매화전〉 자료 중에는 일제

강점기에 필사되었을 것으로 보이는 것도 있고, 그 이전으로 추정되는 것도 있다.

이 책에서 다룬 〈매화전〉은 국립한글박물관에 소장된 42장본 〈양유전이라〉와 단국대학교에 소장된 30장본 〈매화전〉이다. 국립한글박물관 소장본의 경우에는 필사자나 필사시기를 알 수 있는 기록이 없어, 조선후기나 일제강점기 즈음에 만들어진 자료라는 정도를 추정할 수 있다. 단국대학교 소장본의 경우에는 작품의 제목 바로 뒤에 '癸卯年 正月 洪孝順 書'라 하였고, 맨 뒤에 임인년 십이월 보름쯤에 시작하여 계묘년 정월 십칠 일 밤에 쓰기를 끝내었다는 기록이 있어 좀 더 구체적인 추정이 가능하다. 계묘년에 해당하는 연도는 1843년, 1903년, 1963년 정도인데, 이중 1903년이나 1963년 정도가 적절할 것으로 보인다.

〈매화전〉 이본 중에는 작품 제목이 〈유화양매록〉, 〈매화전이라〉, 〈매유전〉 등으로 다르게 붙여져 있는 경우가 있으나 대개의 작품 양상은 비슷하다. 그래서 이 책에서는 큰 제목을 〈매화전〉으로 하고, 자료별로 표지에 쓰여 있는 제목을 하위에 넣었다. 국립한글박물관 소장본 〈양유전이라〉와 단국대학교 소장본 〈매화전〉의 가장 큰 차이는 결말부이다. 대개의 서사 전개나 인물 구성은 대체로 일치한다.

국립한글박물관본을 중심으로 주요 내용을 정리하면 다음과 같다.

선조 시대에 술법이 능통한 김 주부라 하는 사람이 있었는데 무남독녀 매화를 두었다. 어느 날 조정이 시기하여 김 주부를 해하고자 하니 주부와 그 부인은 황해도 구월산으로 가고, 매화는 남복하여 다른 동네에 버려진다. 부모와 이별한 매화는 남자 행세를 하며 조 병사 댁에서 아들 양유와 함께 공부하며 지내게 된다.

양유는 매화에게 연정을 느끼며 갈등하는데, 어느 날 서로 글을 주고받다가 매화가 자신이 여자임을 말하게 된다. 그때 마침 관상 보는 사람이 조 병사의 집에 와 양유와 매화의 상을 보고, 매화가 여자라 한다. 양유에게는 귀하게 될 상이지만 호식할 팔자라고 한다. 그리고 글을 남기기를 양유와 매화가 부부가 되지 않으면 호식하리라 한다.

매화가 여자임을 알게 된 조 병사는 매화를 내당에 거하게 하고, 양유와 혼인시키고자 한다. 그러나 조 병사의 부인 최씨는 양유의 계모인지라, 매화를 양유가 아닌 자기 동생과 혼인시키고자 흉계를 꾸민다. 조 병사가 장단골에 가서 매화의 집안을 알아보고자 할 때 사람을 사서 매화가 천한 신분이라고 거짓말하게 한다. 그리하여 조 병사는 매화를 내치려고 하고 최씨는 강제 혼인시키려 하는 중에 매화는 양유와 이별하게 된다.

양유와 이별한 매화는 산중에 홀로 가다가 뒤쫓아 오는 최씨 동생에게 몰려 죽을 위기에 처한다. 이때 김 주부가 술법으로써 매화를 구해 자신의 거처로 데려간다. 그곳에서 매화는 모친과 재회하고 즐겁게 지낸다. 한편 홀로 매화를 그리워하던 양유는 혼처를 정하여 혼인을 하게 되지만 김 주부가 보낸 호랑이에게 잡혀 구월산에 오게 된다. 구월산에서 매화와 양유는 다시 만나 혼인을 하게 되고, 조 병사 역시 함께 구월산에서 지낸다. 그렇게 즐거운 세월을 보내다가 임진왜란이 일어나자 구월산에서 피하고, 이후 양유는 출세하여 재상이 된다.

이 책의 왼쪽에는 〈매화전〉의 원문을, 오른쪽에는 번역한 내용을 제시하였다. 〈매화전〉의 번역은 가능하면 원문에 충실하도록 하되, 현대어로 썼을 때 어색하거나 연결이 잘 되지 않을 경우에는 풀어 쓰거나 자연스럽게 바꾸었다. 그리고 의미 파악이 어려운 어휘들은 간단하게 주석을 달았다.

〈매화전〉의 원문을 옮기고 번역하는 과정에서 오류가 없도록 최선을 다했으나 여전히 바로잡아야 할 부분이 남아 있을 것 같다. 옮긴이의 부족함으로 이해해 주시기 바란다. 현대어로 옮기면서 가장 어려웠던 문제는 어느 정도 현대어로 바꾸어야 할지 하는 것이었다. 그래서 좀더 현대어에 가깝게 표현하였다가 다시 원문에 더 충실하게 하는 과정을 반복하다 보니 같은 표현이라도 달리 쓰인 부분이 생겼다. 이 역시 독자의 이해를 바란다.

이 책이 나오기까지 여러모로 도와주신 분들께 깊은 감사를 드리고 싶다. 여러 차례 〈매화전〉을 함께 읽어 준 서울시립대학교 국어국문학과 대학원생들과 현대어 번역을 수정 보완할 수 있도록 도와준 사랑하는 동생 유현, 그리고 옆에서 늘 독려해 주는 가족들에게 고마운 마음을 표한다. 그리고 좋은 책을 만들 수 있도록 허락해 주신 윤석현 사장님과 편집진께 감사드린다.

2018년 10월

서 유 경

# 차례

# 양유젼이라

## ― 미화난 양유낭ᄌ라

국립한글박물관 소장 42장본

잇쩌난 션조 쩌왕 시절이라 경귀그도 쟝단골 연화동의 짐 쥬부
라 ㅎ난 사람이 잇시되 뉘더 공후 거족이더 베살의 쓰시 업서
진칙을 디ㅎ야 세월을 보난지라 연당 사십의 무남동여 ㅎ나을
두어시되 일홈은 미화라 ㅎ난지라 미화 점점 자라나미 인물이
비범ㅎ야 연연 그 틱도난 천상 션여 ㅎ강ㅎ 듯ㅎ되 쥬부난 한
슐법을 공부할 제 천문지리와 육도상약을 통달ㅎ야 풍운을 이
무로 ㅎ고 조화무궁하난지라 이러ㅎ무로 종정

이때는 선조 대왕 시절이라. 경기도 장단골 연화동에 김 주부라 하는 사람이 있으되, 대대로 공후 거족이었으나 벼슬에 뜻이 없어 진법 책을 대하며 세월을 보내는지라. 나이 사십에 무남독녀 하나를 두었으되 이름은 매화라 하는지라. 매화가 점점 자라나매 인물이 비범하여 연연한 그 태도는 천상 선녀가 하강한 듯하되 김 주부가 한 술법을 공부할 제, 천문지리와 육도삼략을 통달하여 풍운을 임의로 하고 조화무궁한지라. 이러하므로 조정이

이 다 시기ᄒ야 항상 쥬부을 히코자 ᄒ더니 일일은 드르시고
가라사ᄃ 쥬부 베살 뜻시 업고 슐법ㅇ만 ᄒ다 ᄒ니 마약 그져
두면 양호뉴훈[1]이 될 거서라 ᄒ시고 직시 자바오라 ᄒ신ᄃ 금
부도사 영을 밧자와 물너가 군사로 ᄒ여곰 쥬부의 집을 에워
싸코 뒤여보니 집이 비엇난지라 도사 낙담하고 도라오고자 ᄒ니
문득 음풍이 이러나며 공즁의로셔 옥져 소ᄅ 나거늘 실노 괴
히ᄒ야 옥져 소ᄅ 나난 곳을 바라보니 쥬부난 범을 타고 그
부인은 학을 타고 그 여식 미화 남복을 입고 오ᄉᆡ구름 속의로
셔 오더니 인ᄒ야 간ᄃ 업거날 도사 하일 업셔 도라

다 시기하여 항상 주부를 해하고자 하더니, 하루는 들으시고 말씀하시기를

"주부가 벼슬에 뜻이 없고 술법만 한다 하니, 만약 그저 두면 양호유환(養虎遺患)이 될 것이라."

하시고 즉시 잡아오라 하신대 금부도사가 명령을 받들어 물러가 군사로 하여금 주부의 집을 에워싸게 하고 뒤져 보니 집이 비었는지라. 도사가 낙담하고 돌아오고자 하니 문득 음풍이 일어나며 공중으로부터 옥저(玉笛) 소리가 나거늘 실로 괴이하여 옥저 소리 나는 곳을 바라보니, 주부는 범을 타고, 그 부인은 학을 타고, 그 여식 매화는 남복을 입고 오색구름 속으로부터 오더니 인하여 간 데 없거늘 도사가 어쩔 수 없어 돌아

와 사연을 전호게 고한디 만조빅관과 상하 인민이 다 디경질
식2)호더니 병죠판셔 짐자졈이 왈 쥬부의 지조난 녯날 삼국시
졀의 졔갈양이라 호더라 잇써 그 쥬부난 풍운의 싸이여 하도
구월산을 차자 덥어갈 시 부인 문 왈 미화난 엇지 싸라 오지
아니호난잇가 한디 쥬부 디 왈 미화난 다른 디로 보닉난이다
한디 부인이 디경질식호여 왈 우리은 무남동여을 이별호고 엇
지 살며 쏘호 져은 부모을 이별호고 어디 가 이턱하리요 한디
쥬부 왈 미화난 남복을 입피여 아모 디로 보닉시니 부인은 추
호도 걱정치 마옵소셔 이후의 만날 날리 잇시리다 호고 심산궁
곡의 집을 지코 산즁처

와 전하께 사연을 고하니 만조백관과 상하 사람이 다 대경실색(大驚失色)하더니 병조판서 김자점이 말하기를

"주부의 재주는 옛날 삼국시절의 제갈량이라."

하더라. 이때 김 주부는 풍운에 쌓여 황해도 구월산을 찾아 들어갈 새 부인이 물어 말하기를

"매화는 어찌 따라오지 아니하나이까?"

한대 주부가 대답하여 말하기를

"매화는 다른 데로 보내었나이다."

한대, 부인이 대경실색하여 말하기를

"우리는 무남독녀와 이별하고 어찌 살며, 또한 저는 부모와 이별하고 어디 가 의탁하리오?"

한대, 주부가 말하기를

"매화는 남복을 입혀 아무 데로 보냈으니 부인은 추호도 걱정하지 마옵소서. 이후로 만날 날이 있으리다."

하고 심산궁곡에 집을 짓고 산중처사가

자 되여 동자을 다리고 뫼흔 슐법을 가르치며 세월을 보난지라 안자 부모을 기다린들 슈빅의 여잇난 부모을 엇지 만나리요 종문소식3)이라 종일토록 자탄하다가 흔 동니을 차자 드러가 운물가의 버들을 의지흐고 안져더니 맛춤 그 동니 죠 병사의 시비 옥이는 물 질너 왓다가 미화을 보고 문 왈 져러흔 ᄋ롬다온 도렴님이 엇지 이고디 완난잇가 울지 말고 소비을 짜라 가사이다 흐거늘 미화 우름을 근치고 시비을 짜라 한 집의 드러가니 그 집이 가장 용부한 집이라 시비 외당의로 드가 병사젼의 고 왈 이 도런님이 운물의셔 울기로 모셔 완난이다 한디 병사 미화을 보고 디경 디히 흐야 문 왈 너난 어

되어 동자를 데리고 묘한 술법을 가르치며 세월을 보내는지라.

매화는 앉아서 부모를 기다린들 수백 리 떨어져 있는 부모를 어찌 만나리오? 종무소식이라(終無消息)이라. 종일토록 자탄(自歎)하다가 한 동네를 찾아 들어가 우물가의 버들을 의지하고 앉아 있더니, 마침 그 동네 조 병사의 시비 옥이가 물 길러 왔다가 매화를 보고 물어 말하기를

"저러한 아름다운 도련님이 어찌 이곳에 왔나이까? 울지 말고 소비를 따라 가사이다."

하거늘, 매화가 울음을 그치고 시비를 따라 한 집에 들어가니 그 집이 가장 부요한 집이라. 시비가 외당으로 들어가 병사 전에 고하여 말하기를

"이 도련님이 우물가에서 울기로 모시고 왔나이다."

한대, 병사가 매화를 보고 대경대희(大驚大喜)하여 물어 말하기를

"너는 어디

디 살며 뉘자 집손이며 셩은 무엇시며 나흔 몃치나 되나야 흐
신디 미화 이러나 다시 졀하고 엿자오되 소동은 쟝단골 연화동
의 사난 짐 쥬부의 아달이옵고 일홈은 미화요 나난 십시 세로
소이다 우연이 가화을 만나 부모 일삽고 이고디 완난이다 흔디
병사 미화의 손을 잡고 몬니 연연⁴⁾ 왈 너난 니의 자식 양유와
동갑이니 엇지 사랑치 아리요 흐시고 양유을 불너 왈 이 아히
은 너와 동갑이요 쪼한 인물이 비범흐니 한가지로 글을 일그라
흐시니 양유 미화 다리고 학당의로 드러가니 졍기 가쟝 졍결한
지라 미화 글을 빈오미 천연흔 그 틱도은 명한 남자더라 양유
을 디흐야 왈 나난 부모을 이별하고 졍쳐

살며 어느 집 자손이며 성은 무엇이고 나이는 몇이나 되었느냐?"

하신대 매화가 일어나 다시 절하고 여쭈되

"저는 장단골 연화동에 사는 김 주부의 아들이옵고, 이름은 매화요, 나이는 십 세로소이다. 우연히 가화(家禍)를 만나 부모를 잃고 이곳에 왔나이다."

한대, 병사가 매화의 손을 잡고 못내 연연하여 말하기를

"너는 내 자식 양유와 동갑이니 어찌 사랑하지 않으리오?"

하시고, 양유를 불러 말하기를

"이 아이는 너와 동갑이오. 또한 인물이 비범하니 함께 글을 읽으라."

하시니 양유가 매화를 데리고 학당으로 들어가니 기운이 매우 정결한지라.

매화가 글을 배우매, 천연한 그 태도는 분명한 남자더라. 양유를 대하여 말하기를

"나는 부모와 이별하고 정처

업시 다니다가 천힝의 그디 마나 글을 비우니 그 은혜을 엇지
다 갑푸리요 한디 양유 디 왈 나도 쏘한 외로와 이 공부ᄒ다가
그디 만나시니 엇지 길겁지 안하리요 ᄒ고 셔로 길거ᄒ더니
일일은 시비 옥난이 음식을 가지고 학당의 나오며 히싁5)이 만
안6)ᄒ야 가로디 두 되렴의 얼골이 엇지 저리 갓터잇가 양유
질거 왈 우리 인물이 뉴가 나스야 한디 옥난이 엿자오되 우리
되련님은 장부의 기상이요 져 되련님은 골격이 연연ᄒ샤 여자
의 기상이로소이다 ᄒ고 밧그로 나가건날 양유 이 말을 듯고
명경을 니여 노코 미화 낫설 한티 디고 왈 우리 얼골이 엇지
이리 갓터잇가 귀와 눈과 입과

없이 다니다가 천행으로 그대를 만나 글을 배우니 그 은혜를 어찌 다 갚으리오?"

한대 양유가 대답하여 말하기를

"나도 또한 외로이 공부하다가 그대를 만났으니 이 어찌 즐겁지 아니하리오?"

하고 서로 즐거워하더니

하루는 시비 옥난이 음식을 가지고 학당에 나오며 희색이 만안하여 말하기를

"두 도련님의 얼굴이 어찌 저리 같더이까?"

하니 양유가 즐거워하며 말하기를

"우리 인물이 누가 더 나으냐?"

한대 옥난이 여쭈기를

"우리 도련님은 장부의 기상이요, 저 도련님은 골격이 연연하시어 여자의 기상이로소이다."

하고 밖으로 나가거늘 양유가 이 말을 듣고 명경을 내어놓고 매화와 낯을 한데 대고 말하기를

"우리 얼굴이 어찌 이리 같더이까? 귀와 눈과 입과

코와 다름이 업시 그디가 여자 되거나 니가 여자 되거나 하얏
쓰면 부뷔 되야 빅연희로 흐연만은 삼신이 미여흐신가 흐고
이갓치 만듸련 남여 분별 안이 흐여시니 원통흐다 우리 연분
엇지 아니 절통흘디 미화난 천연이 안자 구로되 그디은 엇지
부부 되기을 원흐나요 우리 얼골이 갓트니 벌시 아난지라 붕우
은 오윤 웃듬이라 그 정이 변면흐리요 흐고 그렁져령 세월을
보니난지라 일일은 양유가 미화의 손을 잡고 ㄱ로디 그디의
아롬다온 틱도 보니 니이 니의 마음이 졀노 상하도다 엇지하여
야 상한 마음을 푸르리요 하거늘 미화 갈오디 그디은 장부가
안이로다 피차 남자 간의 무엇시 스랑타 하리요

코가 서로 다름이 없으니, 그대가 여자가 되거나 내가 여자가 되거나 하였으면 부부가 되어 백년해로 하련만은. 삼신이 미워 하셨는가?"

하고

"이같이 만들어 남녀 분별을 아니 하였으니 원통하다, 우리 연분! 어찌 아니 절통할까?"

할 때, 매화는 천연히 앉아 가로되

"그대는 어찌 부부 되기를 원하나요? 우리 얼굴이 같으니 벌써 아는지라. 붕우는 오륜의 으뜸이라, 그 정이 범연하리오?"

하고 그럭저럭 세월을 보내는지라.

하루는 양유가 매화의 손을 잡고 가로되

"그대의 아름다운 태도를 보니 내 마음이 절로 상하도다. 어찌하여야 상한 마음을 풀리오?"

하거늘, 매화가 가로되

"그대는 장부가 아니로다. 피차 남자 간에 무슨 사랑을 하리오?"

ᄒ고 안식을 불평ᄒ며 손을 뿌리치거늘 양유 무류ᄒ여 왈 나난
ᄒᆫ 방의 공부하난 벼시오미 사랑ᄒ물 이기지 못ᄒ야 손을 잡고
히롱하야더니 그디지 무류ᄒ게 ᄒ난요 무슈이 자탄ᄒ거늘 미
화 ᄒ여 왈 그디의 마음이 고이ᄒ도다 나을 디하야 음양을 탐
ᄒ난가 시푸이 엇지 병이 안이 되리요 아무리 그러ᄒᆫ들 나난
남자라 엇지 남의 원을 푸르리요 ᄒ고 세월을 보니더니 ᄒ로
밤의은 양유 자탄 왈 그디은 니의 몸을 만져보되 ᄂᆞ난 그디의
몸은 디이지 못ᄒ게 하니 엇지 분읍지도가 잇다 ᄒ리요 밤이
깁도록 잠을 이우지 못ᄒ거늘 미화 위로 왈 니로 하여곰 그디

하고 안색을 붉히며 손을 뿌리치거늘 양유가 무안하여 말하기를

"나는 한 방에서 공부하는 벗이기에 사랑함을 이기지 못하여 손을 잡고 놀렸더니, 이렇게도 무안하게 하는 것이오?"

하며 무수히 자탄(自歎)하거늘 매화가 말하기를

"그대의 마음이 괴이하도다. 나를 대하여 음양(陰陽)을 탐하는 듯싶으니 어찌 병이 아니 되리오? 아무리 그러한들 나는 남자라. 어찌 남의 원을 풀리오?"

하고 세월을 보내더니 한 날 밤에는 양유가 자탄하여 말하기를

"그대는 나의 몸을 만져 보는데, 나는 그대의 몸을 대지 못하게 하니 어찌 붕우지도(朋友之道)가 있다 하리오?"

하며 밤이 깊도록 잠을 이루지 못하거늘 매화가 위로하여 말하기를

"나로 인하여 그다지

지 병이 되느요 오날 밤의은 너의 몸을 만져 보고 마음을 풀게
호소셔 혼디 양유 히식이 만안호여 미화의 가삼을 만져 왈 그
디의 가삼이 별노이 살이 만호여 여자의 가삼 갓다 호고 쏘한
비을 만지려 호거눌 미화 디경호여 손을 뿌리치고 이러나 글을
일의며 부모을 싱각호야 눈물을 금치지 못호더라 일일은 양유
미화을 다리고 나정의 나가 활 쏘난 양을 귀경호더니 여러 사
람들리 미화을 보고 가로디 그 아히 일식이다 혹자은 여자가
남복을 입어다 하며 말호되 옷설 벽기면 알니라 호거날 미화
디경호여 급피 학당의로 도라와 곳 근심하여 가로디 막약 양유
가 이 말을 드려시면 이계난 너의 몸을 혈노가 낫

병이 되시오? 오늘 밤에는 내 몸을 만져 보고 마음을 푸소서."

한대, 양유가 희색이 만안하여 매화의 가슴을 만져 말하기를

"그대의 가슴이 특별히 살이 많아 여자의 가슴 같다."

하고 또한 배를 만지려 하거늘 매화가 대경하여 손을 뿌리치고 일어나 글을 읽으며 부모를 생각하여 눈물을 그치지 못하더라.

하루는 양유가 매화를 데리고 활터에 나가 활 쏘는 모습을 구경하더니 여러 사람들이 매화를 보고 말하기를

"그 아이 일색(一色)이다."

하고, 혹자는

"여자가 남복을 입었다."

하며 말하기를

"옷을 벗겨 보면 알리라."

하거늘 매화가 대경하여 급히 학당으로 돌아와 곧 근심하여 가로되

"만약 양유가 이 말을 들었으면 이제는 내 몸이 탄로될

타날 거시니 이 몸이 어디가 이탁하리요 하며 무슈이 셔워ᄒ며
금고 낭누하다가 눈물을 쑷고 아이 우난 체ᄒ거늘 양유 왈 그
디난 나을 바리고 먼져 왓시며 쏘한 셔워ᄒ다가 우름을 긋치나
요 아미도 무삼 곡절리 잇도다 오날 귀경하난 사람이 그디의
얼골을 보고 여ᄌ가 남복을 입어다 하미 급피 도라와 우난가
십푸니 아지 못 할지라 여즌가 ᄒ노라 ᄒ디 미화 흔연 디 왈
그디은 미거ᄒ도다 이팔청츈 어린 아히 부모을 싱각하여 엇지
실푸지 아니ᄒ리요 쏘한 니 몸이 여ᄌ면 구즁의 쳐ᄒ여 힝실과
예졀을 발키고 질삼 방젹을 비울 거시여늘 남복을 입고 남을
소기리요 본디 골격이 연연하미 지각업난 사람더리

것이니 이 몸이 어디에 가 의탁하리오?"

하며 무수히 서러워하며 눈물을 쏟아 내고는 울지 않은 척하거늘 양유가 말하기를

"그대는 왜 나를 버리고 먼저 왔으며, 또 서러워하다가 울음을 그치시오? 아마도 무슨 곡절이 있도다. 오늘 구경하는 사람이 그대의 얼굴을 보고 여자가 남복을 입었다 하매 급히 돌아와 우는 것인가 싶으니 알지 못하겠구나, 여자인가 하노라."

한대 매화가 흔연히 대답하여 말하기를

"그대는 미거하도다. 이팔청춘 어린아이가 부모를 생각하여 어찌 슬프지 아니하리오? 또한 내 몸이 여자면 규중에 처하여 행실과 예절을 밝히고 길쌈 방적을 배울 것이거늘 남복을 입고 남을 속이리오? 본래 골격이 연연하매 지각없는 사람들이

여즈라 ᄒ거니와 일후의 장성ᄒ여 골격이 웅장하면 장부가 분
명홀지라 하고 단정이 안즈 풍월을 품으니 그 소릭 웅장하여
산호치을 써러 옥판을 찌치난듯 하미 진실노 남자의 소릭 갓턴
지라 양유 그 소릭을 드르미 남즌가 십푸되 의혹을 판단치 못
하여 다만 미화의 아롬다온 틱도을 보니 마음만 상할 다름일네
라 잇써는 놀기 조흔 삼츈이라 양유 미화을 다리고 산의 올나
귀경ᄒ며 경물짜라 노더니 츈흥을 이기지 못ᄒ야 셔로 글을
지여 화답하미 양유 글을 바듯보니 ᄒ여시되 양유난 션득츈인
딕 미화난 화불난공 이 글 뜻슨 양유 먼저 봄빗슬 어더시되
미화 엇지 질검이 업난고 하얏더라

여자라 하거니와 앞으로 장성하여 골격이 웅장하면 장부가 분명할지라."

하고 단정히 앉아 풍월을 읊으니 그 소리 웅장하여 산호채를 떨어 옥반을 깨뜨리는 듯하매 진실로 남자의 소리 같은지라. 양유가 그 소리를 들으매 남자인가 싶되 의혹을 판단치 못하여 다만 매화의 아름다운 태도를 보니 마음만 상할 따름일러라.

이때는 놀기 좋은 삼춘(三春)이라. 양유가 매화를 데리고 산에 올라 구경하며 경치를 따라 놀더니 춘흥을 이기지 못하여 서로 글을 지어 화답하매 양유의 글을 받아 보니 하였으되

"양유는 선득춘(先得春)인데, 매화는 하불낙(何不樂)인고?"

이 글 뜻은 '양유는 먼저 봄빛을 얻었으되, 매화는 어찌 즐거움이 없는고?'였더라.

양유안 미화 글을 바다 보니 하여시되 호조첩은 미지화요 워낭
은 복덕슈라 이 글 쯧슨 나부가 꼿슬 엇지 못ᄒ고 워낭식은
물을 엇지 못ᄒ난쏘다 ᄒ여거늘 양유 이 글을 보고 디경더히ᄒ
야 왈 그딕의 힝식이 다르기로 항상 사랑ᄒ얏더니 오날날 이
풍월을 보니 정영코 여ᄌ로다 만약 그러ᄒ면 빅연히로ᄒᄆ 엇
더ᄒ요 ᄒ니 미화 아ᄆ을 슉이고 슈식이 만안ᄒ야 디 왈 나는
여ᄌ연이와 그딕난 고울 거족이옵고 나는 유리걸식ᄒ난 사람
이라 엇지 부부된ᄆ 닌들 엇지 음양지낙 모르리요만은 피츠간
부모 명영 업삽고 쏘ᄒ 의을 힝치 못ᄒ면 문호의 요기 밋치난
니 엇지 불의지사을 힝ᄒ리요 도라가 부모의 명영을 바

양유가 매화 글을 받아 보니 하였으되

"호접(胡蝶)은 미지화(未知花)요, 원앙(鴛鴦)은 부득수(不得水)라."

이 글 뜻은 '나비가 꽃을 얻지 못하고, 원앙새는 물을 얻지 못하는도다.' 하였거늘 양유가 이 글을 보고 대경대희(大驚大喜)하여 말하기를

"그대의 행색이 다르기로 항상 사랑하였더니 오늘 이 풍월을 보니 정녕코 여자로다. 만약 그러하면 나와 백년해로함이 어떠하오?"

하니 매화가 아미(蛾眉)를 숙이고 수색이 만안하여 말하기를

"나는 여자이거니와, 그대는 고을의 거족이고 나는 유리걸식하는 사람이라. 어찌 부부 되리오? 난들 어찌 남녀 간의 즐거움을 모르겠습니까마는 피차간 부모 명령이 없고 또한 의를 행치 못하면 문호에 욕이 미치나니 어찌 불의지사를 행하리오? 돌아가 부모의 명령을 받아

ᄃ 인연 미즈 빅연희로ᄒ기 되면 허물리 잇사오리가 ᄒᄃ 양유
희식이 만안ᄒ야 왈 그ᄃ의 말삼이 당연ᄒ도다 ᄒ고 도라오고
져 ᄒ니 시비 옥난이 급피 와 엿즈오되 외당의 상긕이 왓시민
셩원임이 급피 츈난이다 ᄒ거늘 양유 미화를 다리고 집의로
도라오니 과연 상을 보라 한ᄃ 상긕이 미화상을 보고 왈 이
익히 얼골을 보니 과연 여즈로소이다 한ᄃ 병사 디경질식ᄒ여
왈 그ᄃ 상을 그릇 보난쏘다 엇지 이 ᄋ이을 여즈라 ᄒ나요
상긕이 ᄃ 왈 여즈가 남복을 입고 나를 소기려 ᄒ여도 엇져
니 눈의 디셔나리요 한ᄃ 미화 디단 무려ᄒ여 학당의로 드러가
니라 상긕이 ᄯᅩ 양유의 상을 보고 왈 젼두의 일

인연을 맺어 백년해로하면 허물이 있으오리까?"

한대 양유가 희색이 만안하여 말하기를

"그대의 말씀이 당연하도다."

하고 돌아오고자 하니 시비 옥난이 급히 와서 여쭈되

"외당에 관상쟁이가 왔으매 생원님이 급히 찾나이다."

하거늘 양유가 매화를 데리고 집으로 돌아오니 과연 관상을
보라 한대 관상쟁이가 매화 관상을 보고 말하기를

"이 아이 얼굴을 보니 과연 여자로소이다."

한대 병사가 대경실색하여 말하기를

"그대가 관상을 그릇 보는도다. 어찌 이 아이를 여자라 하시
오?"

관상쟁이가 대답하여 말하기를

"여자가 남복을 입고 나를 속이려 하여도 어찌 내 눈에 대서
리오?"

하니 매화가 대단히 무안하여 학당으로 들어가니라.

관상쟁이가 또한 양유의 관상을 보고 말하기를

"앞으로

국 지상이 될 거시로디 불상흐고 가련흐다 나히 십육 세가 되
면 호식⁷⁾할 팔즈가 되니 엇지 두렵지 안이흐리요 한디 병사
디로흐야 하인을 불너 쪼차라 한디 상긱이 이러나 두어 거름의
문득 간디업거늘 실노 괴히흐야 살펴보니 안져던 자리의 일
봉셔가 노여거늘 직시 쩨여 보니 흐여시되 양유 미화가 부부
안이 되면 임진연 호삼일의 결단코 호식하리라 흐여거늘 병사
결밀⁸⁾의 디경질식하여 무슈히 시러흐다가 미화을 불너 문 왈
너을 상긱이 여즈라 흐니 고이흐도다 흐시고 자탄흐시거늘 미
화 낙누 왈 소여난 엇지 기망흐오릿가 과연 즈로소이다 부모을
이별흐고 이퇴할 곳시

일국 재상이 될 것이로되, 불쌍하고 가련하다. 나이 십육 세가 되면 호식(虎食)할 팔자니 어찌 두렵지 아니하리오?"

한대 병사가 크게 노하여 하인을 불러 쫓으라 하니 관상쟁이가 일어나 두어 걸음에 문득 간데없거늘 실로 괴이하여 살펴보니, 앉았던 자리에 봉서 하나가 놓였거늘 즉시 떼어 보니 하였으되

"양유와 매화가 부부 되지 않으면 임진년 초삼일에 결단코 호식하리라."

하였거늘 병사가 읽고 대경실색하여 무수히 슬퍼하다가 매화를 불러 묻기를

"관상쟁이가 너를 여자라 하니 괴이하도다."

하시고 자탄하시거늘 매화가 눈물을 흘리며 말하기를

"소녀가 어찌 속이리까? 저는 과연 여자로소이다. 부모를 이별하고 의탁할 곳이

업삽기로 일신을 감초려흐옵고 남복을 어사오니 죄사무석9)이
로소이다 흐며 무슈이 시려흐난지라 병스 이 말을 듯고 더경
더히하여 더욱 사랑흐여 왈 오날보틈 니당의 드려가 츌입지
말나 흐시고 미화를 다리고 니당의로 가 부인을 디하여 왈 미
난 여즈라 흐니 엇지 사랑치 안니리요 오날보틈 여복을 입피고
힝실을 가르치소셔 하시거늘 최씨 또흔 더히흐야 못니 연연하
더라 병스은 외당의 나가 양유을 불너 왈 미화난 이무 여즈라
흐니 이후안 미화로 더부러 흔 즈의 안지 말나 여즈 칠세면
부동석이라 흐여시니 엇의 절을 발키지 안이 하리요 하며 무슈
이 경계흐며 잇쩌 미화난 여복을

없기로 일신(一身)을 감추려고 남복을 입었사오니 죄사무석(罪死無惜)이로소이다."

하며 무수히 슬퍼하는지라. 병사가 이 말을 듣고 대경대희(大驚大喜)하여 더욱 사랑하여 말하기를

"오늘부터 내당에 들어가 출입하지 말라."

하시고 매화를 데리고 내당으로 가 부인을 대하여 말하기를

"매화가 여자라 하니 어찌 사랑치 않으리오? 오늘부터 여복을 입히고 행실을 가르치소서."

하시거늘 최씨 또한 대희(大喜)하여 못내 연연하더라.

병사가 외당에 나가 양유를 불러 말하기를

"매화는 여자라 하니 이후에는 매화와 함께 한자리에 앉지 말라. 여자 칠 세면 한자리에 앉아서는 안 된다 하였으니 어찌 예절을 밝히지 아니하리오?"

하며 무수히 경계하니, 이때 매화는 여복을

입고 니당의 거처ᄒ고 양유안 학당의 홀노 잇시ᄆ 시셔의 뜻시
업고 다만 미화ᄲᅮᆫ이로다 월졍 상창 빈 방안의 홀노 안자 자탈
할 졔 너난 무삼 일노 남복을 입고 남을 속이나야 부모 명영이
이러ᄒ시니 나난 뉘로 하여 공부하며 뉘로 ᄒ여 놀ᄌ 홀가 이
러타시 ᄌ탄할 졔 잇쩌 최씨 부인니 미화의 인물을 탐ᄒ여 미
일 사랑ᄒ더니 맛참 졔 동싱이 상체ᄒ니 이미 졔 동싱은 싱각
ᄒ야 흉기을 ᄭᅮ미연난지라 으으은 병스 니딩의 드러가 부인을
디하여 왈 싱각커니와 이러이러ᄒ니 너두 길흉을 아지 못ᄒ니
미화 작비시기ᄆ 엇더ᄒ요 ᄯᅩ 미화은 니 집의 잇실 분 안이라
양유와 동갑이요 또 인물이 비범ᄒ니

입고 내당에 거처하고, 양유는 학당에 홀로 있으매 시서(詩書)에 뜻이 없고 다만 매화 생각뿐이로다. 월명(月明) 사창(紗窓) 빈 방안에 홀로 앉아 자탄할 제

"너는 무슨 일로 남복을 입고 남을 속였느냐? 부모 명령이 이러하시니 나는 뉘와 함께 공부하며 뉘와 함께 놀자 할까?"

이렇듯이 자탄할 제 이때 최씨 부인이 매화의 인물을 탐하여 매일 사랑하더니 마침 제 동생이 상처(喪妻)하니 제 동생을 생각하여 흉계를 꾸미었는지라.

하루는 병사가 내당에 들어가 부인을 대하여 말하기를

"생각거니와 이러 이러하니 내두(來頭) 길흉을 알지 못하니 매화를 작배(作配)시킴이 어떠하뇨? 또 매화는 내 집에 있을 뿐 아니라 양유와 동갑이요, 또 인물이 비범하니

혼사함이 엇더흐요 한디 빈 디 월 상공은 엇지 그런 말삼을
하슴잇가 양유은 사디부 자제요 미화안 유결식흐난 아이니라
근본을 아지 못흐오니 언물을 탐흐여 혼사을 하리요 하니 병수
요렴의 어겨 왈 부인의 말삼이 당연흐도다 아모날은 장단골
차자 가서 미화의 근본을 알고 오리라 흐시고 외당의로 나가난
지라 최씨 그 말을 듯고 귀기 근심흐야 제 동싱을 불너 약속하
되 병사가 장단골 츠ᄌ 가서 미화의 근본을 알고져 흐니 먼져
그곳을 차자가서 천인이라 흐고 병수을 속이면 너이 짝이라
엇지 그의 인물을 귀흐리요 한디 초 모 이 말을 듯고 경물 마이
가지고 장단골 엇화동을 차

혼사함이 어떠하뇨?"

한대 최씨 대답하여 말하기를

"상공은 어찌 그런 말씀을 하십니까? 양유는 사대부의 자제요, 매화는 유리걸식하는 아이라. 근본을 알지 못하오니 인물을 탐하여 혼사를 하리오?"

하니 병사가 중히 여겨 말하기를

"부인의 말씀이 당연하도다. 아무 날은 장단골 찾아 가서 매화의 근본을 알고 오리라."

하시고 외당으로 나가는지라. 최씨가 그 말을 듣고 근심하여 제 동생을 불러 약속하되

"병사가 장단골을 찾아 가서 매화의 근본을 알고자 하니 먼저 그곳을 찾아가서 천인이라 하고 병사를 속이면 너의 짝이라. 어찌 그런 인물을 구하리오?"

한대 최 모가 이 말을 듣고 재물을 많이 가지고 장단골 연화동을 찾아

ᄌ 가셔 동민을 불너 겨물을 쥬고 그 말을 셜화고 도라오니라
이젹의 병ᄉ 그마를 갓초고 길을 ᄯᅥ나 여려 날 몬의 장단골
연화동을 차ᄌ가니 엇더ᄒᆞᆫ 사람이 길가의 안져거늘 병ᄉ 말을
지체ᄒᆞ고 문 왈 이곳셔 연화동이몃 짐 쥬부라 ᄒᆞᆫ 사람 잇ᄉᆞᆸ
난잇ᄀ 그 사람이 흔연 디 왈 과연 연화동이옵건이와 쥬부 벼
살한 사람도 업고 쥬부라 ᄒᆞᆫ 사람도 업ᄉ오되 쥬부란 지인물
잇ᄉᆞᆸ더니 나무 지물을 만이 실코 도망ᄒᆞ연난이다 하거날 병ᄉ
이 말을 드르니 정신이 아득하야 오모리 할 쥴 모르다가 이익
기 싱각하여 왈 날이 이무 셕감이라 유ᄒᆞ고 갈 터이니 쥬졈이
어딘나 되요 그 사람이 ᄒᆞᆫ 집을 인도

가서 동민(洞民)을 불러 재물을 주고 그 말을 이야기하고 돌아오니라.

이때에 병사가 거마를 갖추고 길을 떠나 여러 날 만에 장단골 연화동을 찾아가니 어떤 사람이 길가에 앉아 있거늘 병사가 말을 멈추게 하고 물어 말하기를

"이곳이 연화동이며 김 주부라 하는 사람이 있나이까?"

그 사람이 흔연히 대답하여 말하기를

"과연 연화동이거니와 주부 벼슬 한 사람도 없고 주부라 하는 사람도 없으되 주부라는 재인이 있었는데 남의 재물을 많이 싣고 도망하였나이다."

하거늘 병사가 이 말을 들으니 정신이 아득하여 어떻게 할 줄 모르다가 이윽히 생각하여 말하기를

"날이 이미 어두웠는지라. 유(留)하고 갈 터이니 주점이 어디나 되오?"

하니 그 사람이 한 집으로 인도하여

ᄒ야 쥬거늘 드러가니 쏘 한 사람이 문 왈 그 막셩이 엇던 막셩
이요 그 사람이 ᄀ로디 엇더ᄒᆫ 양반이 쥬부을 ᄎ져완노라 ᄒ고
비슈ᄒ여 왈 쥬부은 이무 도망ᄒ엿스나 제의 똘 미화은 비록
쳔은의 여식이라도 인물이 졀식이라 아무 디로 가도 남을 속이
리라 ᄒ거늘 병ᄉ 이 말을 듯고 방으로 드러가 싱각하되 이
말이 졍영ᄒ도다 져의덜리 미화의 일홈을 아리요 ᄒ 무슈이
ᄌ탄ᄒ다가 쥬부을 불너 쳥ᄒ디 쥬모 드러와 슐을 권하거날
병ᄉ 문 왈 이고디 졍영 집 쥬부라 ᄒ난 사람이 업난야 쥬모
히식이 만안하며 왈 슈연 젼의 도망ᄒ여거니와 소식을 듯사오
니 그 딸ᄌ식 미화는 남복을 입

주거늘 들어가니 또 한 사람이 물어 말하기를

"말 타고 온 그 손님은 어떤 사람인고?"

그 사람이 가로되

"어떤 양반이 주부를 찾아왔노라."

하고 비웃어 말하기를

"주부는 이미 도망하였으나 저의 딸 매화는 비록 천인의 딸이라도 인물이 절색이라. 아무 데로 가도 남을 속이리라."

하거늘 병사가 이 말을 듣고 방으로 들어가 생각하되

'이 말이 정녕(丁寧)하도다. 저희들이 매화의 이름을 알리오?'

하며 무수히 자탄하다가 주모를 불러 청하니 주모가 들어와 술을 권하거늘 병사가 물어 말하기를

"이곳에 정녕 김 주부라 하는 사람이 없느냐?"

주모가 희색이 만안하여 말하기를

"수년 전에 도망하였거니와 소식을 듣사오니 그 딸자식 매화는 남복을 입고

고 황히도 연안 쌍 지경의 잇드란 말은 드러난니다 병스 이
말을 드르니 다시난 이혹이 업난지라 그날 밤을 지니고 인마을
거나리고 집의으로 도라와 부인을 디흐야 왈 만약 부인의 말을
듯지 안이흐고 혼사을 흐야쓰면 썰썰썰 사부 집안의 우셰가
될 변하엿쏘다 미화은 천인이라 흐니 니여쏘치라 흐신디 흔연
소 왈 미화은 이무 천인의 즈식이라도 혼사 안이 흐오면 무삼
허물의 잇스오릿가요 아직 두소셔 엇지 박쳐케 흐리요 흔디
병스 쏘흔 학당의 나가 양유을 불너 왈 미화을 더부러 당부하
던 일리 엇지 분치 안이흐리오 이후난 미화을 디면치 말나 흐
시니 양유 이 말

황해도 연안 땅 지경에 있다는 말은 들었나이다."

병사가 이 말을 들으니 다시는 의혹이 없는지라. 그날 밤을 지내고 인마(人馬)를 거느리고 집으로 돌아와 부인을 대하여 말하기를

"만약 부인의 말을 듣지 않고 혼사를 하였더라면 사대부 집안의 우세가 될 뻔하였도다. 매화는 천인이라 하니 내쫓으라." 하신대 흔연히 웃으며 말하기를

"매화가 이미 천인의 자식이라 할지라도 혼사를 하지 않으면 무슨 허물이 있으오리까? 아직은 두소서. 어찌 박대하리오?"

한대 병사 또한 학당에 나가 양유를 불러 말하기를

"매화와 더불어 당부하던 일이 어찌 분하지 아니하리오? 이후로는 매화를 대면치 말라."

하시니 양유가 이 말을

**11 – 앞**

을 드르니 가삼이 문어지난 듯하여 방중의 업더저 눈물 흘여
하난 말이 미화을 더부러 빅연희로하즈더니 천인이란 말이 원
말인야 쥬야로 잔탄할 졔 골슈의 병이 되여 눈물노 셰월을 보
니더라 잇써은 미화 이 말을 듯고 분함을 이이기지 못하여 왈
너의 팔즈 무삼 일노 부모 일코 남으 집의 이탁하여 천인이라
구박이 즈심하니 이 몸이 여즈되여 어디로 가잔 말과 하며 옥
명의 흐르난 눈물을 금치지 못 하난지라 옥난이 쏘한 실품을
머음고 홍상 즈락의로 눈물을 씨시며 마오 마오 우지 마오 낭
즈 우난 거동은 츠마 못 보겟소 아무리 셔려한들

들으니 가슴이 무너지는 듯하여 방중에 엎어져 눈물을 흘리며 하는 말이

"매화와 더불어 백년해로하자 하였더니 천인이란 말이 웬 말이냐?"

하고 주야로 자탄할 제 골수에 병이 되어 눈물로 세월을 보내더라.

이때 매화는 이 말을 듣고 분함을 이기지 못하여 말하기를

"나의 팔자는 무슨 일로 부모 잃고 남의 집에 의탁하여, 천인이라 구박이 자심하니 이 몸이 여자 되어 어디로 간단 말인고?"

하며 옥면(玉面)에 흐르는 눈물을 그치지 못 하는지라. 옥난이 또한 슬픔을 머금고 홍상 자락으로 눈물을 씻으며

"마오, 마오. 울지 마오. 낭자의 우는 거동은 차마 못 보겠소. 아무리 서러워한들

그 셔룸을 뉘가 알며 알이요 제발 덕분 우지 마오 이러타시
위로홀 제 미화 우룸을 긋치고 편지 훈 장을 써셔 옥난이 쥬며
왈 이것시나 가져다가 학당의 젼호라 옥난이 편지을 바다 손의
들고 학당의 급피 가셔 도련님을 듸린니 양유 그 글을 바다
보니 호여시되 비혹이 진토 즁의 싸져 잇고 명뷜이 흔운의 무
쳐 잇고 미화은 뵉셜을 무릅써시니 엇저 가지 놉푼 양유 인연
호리요 분하도다 분하도다 거믄고 탈 줄은 아지 못호고 도로여
오동 복판을 나무리은쏘다 호엿더라 양유 견필의 실품을 먹음
고 왈 미화난 사부의 후혜가 분명한지라 엇지 쳔이라 호리요
호고 답장 써셔 보

그 설움을 누가 알리오. 제발 덕분 울지 마오."

이렇듯이 위로할 제 매화가 울음을 그치고 편지 한 장을 써서 옥난이 주며 말하기를

"이것이나 가져다가 학당에 전하라."

옥난이 편지를 받아 손에 들고 학당에 급히 가서 도련님께 드리니 양유가 그 글을 받아 보니 하였으되

"백옥이 진토 중에 빠져 있고 명월이 흑운(黑雲)에 묻혀 있고 매화는 백설을 무릅썼으니 어찌 가지 높은 양유와 인연하리오. 분하도다. 분하도다. 거문고 탈 줄은 알지 못하고 도리어 오동 복판을 나무라는도다."

하였더라. 양유가 읽기를 마치고 슬픔을 머금고 말하기를

"매화는 사대부의 후예가 분명한지라. 어찌 천인이라 하리오?"

하고 답장 써서 보내니라.

니니라 미화 바다 보니 흐여시되 빅옥이 진흑의 싸져셔도 닥그
면 비치나고 명월리 혹운의 무쳐셔도 다시 발은 씐가 인나니
셜중 미화야 셔워 마라 삼츈이 도라오면 미유 중츈이 밉퓌되여
탐화봉졉이 연분 되여 빅연희로 흐리로다 미화 보기기을 다흐
미 양유와 부부 될가 흐야 마음이 졀뇌 이더니 일일은 최씨
부인이 미화을 디흐여 왈 병사 너을 쏘츠니라 흐시니 저러흔
여즈가 어더로 가리요 거짓 눈물을 흘니면셔 왈 불상흐다 미화
야 잇써가지 널노 흐여곰 졍을 붓쳐더니 엇지 이별흐리요 흐며
만단10) 위로 왈 니 동싱이 상쳐흐고 아직 혼사를 졍치 못흐여

매화가 받아 보니 하였으되

"백옥이 진흙에 빠졌어도 닦으면 빛이 나고, 명월이 흑운에 묻혔어도 다시 밝은 때가 있나니. 설중 매화야, 서러워 마라. 삼춘(三春)이 돌아오면 매화 양유는 장춘(長春)이 매파 되어 탐화봉접(探花蜂蝶)이 연분 되어 백년해로하리로다."

매화가 보기를 다하니 양유와 부부가 될까 하여 마음이 절로 일더니

하루는 최씨 부인이 매화를 대하여 말하기를

"병사께서 너를 쫓아내라 하시니 저러한 여자가 어디로 가리오?"

거짓 눈물을 흘리며 말하기를

"불쌍하다, 매화야. 이때까지 너로 하여금 정을 붙였는데 어찌 이별하리오?"

하며 만단으로 위로하여 말하기를

"내 동생이 상처하고 아직 혼사를 정하지 못하였으니

시니 그 부부 되야 빅연희로홈이 엇더하요 힌디 미화 변식 디
왈 아모리 천인에 즈식인들 부모의 명영 업스온디 츌가ᄒᆞ오릿
가 가다가 죽을지라도 부모을 차즈가리로다 ᄒᆞ고 이복을 가라
입고 급피 나가니 최씨 디경질식ᄒᆞ여 미화 손을 잡고 디 왈
발셔 혼스 홀 거시오니 디사 날을 바닷시니 어디로 가리요 임
즈 업난 처즈 아모라도 몬져 혼스 ᄒᆞ면 임즈로다 ᄒᆞ거늘 미화
손을 쑤리치면셔 마오 마오 그리 마오 부모 업난 아히을 그디
지 괄세ᄒᆞ나요 인연이라 ᄒᆞ난 거셔 ᄒᆞ날의셔 쥬난 비라 일역의
로 못ᄒᆞ나이 발을 동동동 굴의면셔 날 노아라 날 노아라 제발
덕분 날 노아라

그와 부부 되어 백년해로함이 어떠하뇨?"

한대 매화가 얼굴빛을 바꾸고 말하기를

"아무리 천인의 자식인들 부모의 명령이 없는데 출가하오리까? 가다가 죽을지라도 부모를 찾아가리로다."

하고 의복을 갈아입고 급히 나가니 최씨가 대경실색하여 매화의 손을 잡고 말하기를

"벌써 혼사를 할 것으로 대사 날을 받았으니 어디로 가리오? 임자 없는 처자 아무라도 먼저 혼사하면 임자로다."

하거늘 매화가 손을 뿌리치면서

"마오, 마오. 그리 마오. 부모 없는 아이를 그다지 괄시하시오? 인연이라 하는 것은 하늘에서 주는 바라. 인력(人力)으로 못하나니."

발을 동동 굴리면서

"날 놓아라. 날 놓아라. 제발 덕분 날 놓아라.

부모 츳ᄌ가리로다 참 이리져리 울 제 병ᄉ 외당의셔 두려와셔
부인 디칙 왈 엇지 미화을 말유ᄒ야 집을 요란케 ᄒ나요 ᄒ니
부인이 손을 썰치고 미화 불너 왈 너난 천인의 ᄌ식이라 ᄒ니
엇지 다 갓시리요 ᄒ고 쌜이 가라 ᄒ거늘 미화 아름다운 그
티도로 디문 박기 썩 나셔니 천지가 아득ᄒ고 일월리 무광ᄒ디
막역 홍안 씽그리면서 울 마음이 자라나니 옥 갓튼 두 귀 밋티
눈물리 비오듯 ᄒ난지라 옥난아 옥난아 나은 간다 옥난이도
야속ᄒ다 창천의 미화꼿시 지고 ᄭ오시 펴련만은 철시 짜라 지난
ᄭ오다 나난 가고 십퍼 가랴만은 사세부득ᄒ야 가나니라 속슈
나삼 너러지더려 눈물 씻

부모 찾아가리로다."

하며 이리저리 울 제, 병사가 외당에서 들어와서 부인을 대책(大責)하여 말하기를

"어찌 매화를 만류하여 집을 요란케 하시오?"

하니 부인이 손을 떨치고 매화를 불러 말하기를

"너는 천인의 자식이라 하니 어찌 다 같이 살리오."

하고 빨리 가라 하거늘 매화가 그 아름다운 태도로 대문 밖에 썩 나서니 천지가 아득하고 일월이 무광한데 그 예쁜 얼굴 찡그리며 울 마음이 자라나니 옥 같은 두 귀 밑에 눈물이 비 오듯 하는지라.

"옥난아, 옥난아. 나는 간다. 옥난도 야속하다. 창천(蒼天)에 매화꽃이 지고 꽃이 피련마는 철 따라 지는도다. 나는 가고 싶어 가랴마는 사세부득이하여 가느니라."

옥수 나삼 늘어뜨려 눈물 씻고

고 나올 젹의 마음인 오직ᄒᆞ며 분ᄒᆞ기도 오직하며 홍상자락을
거메안고 신세 ᄌᆞ탄ᄒᆞ난 말리 이 몸이 여ᄌᆞ 되여 어듸로 가존
말가 광디한 천지간의 일신이 난처로다 이팔청츈 니의 몸이
부모을 이별ᄒᆞ고 어듸로 가존 말가 어듸 가 의탁ᄒᆞ며 왈 어니
ᄒᆞ여 ᄉᆞ존 말가 이러타시 셜워홀 졔 옥난이 학당의 드러가셔
도련님기 엿ᄌᆞ오되 미화난 울고 가난이다 도련님은 글만 익난
잇가 양유 미화 간다 말 듯고 발을 동동 굴의며셔 나와 바람갓
치 쏘츠오면셔 미화

나올 적의 마음은 오죽하며 분하기도 오죽하며, 홍상자락 거머 안고 신세 자탄하는 말이

"이 몸이 여자 되어 어디로 가잔 말인가? 광대한 천지간에 일신이 난처(難處)로다. 이팔청춘 이 내 몸이 부모를 이별하고 어디를 가잔 말인가? 어디에 가 의탁하며 어찌 살잔 말인가?"

이렇듯 서러워할 제, 옥난이 학당에 들어가서 도련님께 여쭈되

"매화는 울고 가나이다. 도련님은 글만 익히나이까?"

양유가 매화 간다는 말 듣고 발을 동동 굴리면서 나와, 바람 같이 쫓아오면서

"매화야,

야 미화야 날 바리고 어디로 가랴ᄒ고 ᄒ임 줌의 다다르니 미
화 우름소리 얼넌얼넌ᄒ난구나 번기갓치 쏘차가니 광풍의 나
난 느부가 꼿슬 보고 덤이난 듯 미화 목을 당속 안고 그더난
뉘 집 쪽인디 남복을 입고 나를 속이나야 올 젹의난 온거니
갈 젹의난 이무로 못가나니 우리 두리 목을 안고 흔강슈 집푼
물의 풍덩슬 ᄲᅥ져 죽의면 죽어제 살 ᄲᅥ 두고난 못가너니 흔디
미화 정신 차려 양유을 바라보며 옥갓ᄒ 두 귀 밋터 눈물리
소사나며 마오 마오 셔워 마오 닌들 안 원통ᄒ랴 그더은 사더
부 자제되고 나난 천인이라 부모 명영 그러ᄒ니 문호의 욕이로
다 모다 흔흔들 무엇ᄒ리요 양

매화야. 날 버리고 어디로 가려 하느냐?"

하고 화림(花林) 중에 다다르니 매화 울음소리 얼른얼른하는

구나. 번개같이 쫓아가니 광풍에 나는 나비가 꽃을 보고 덤비

는 듯 매화 목을 담쏙 안고

　"그대는 뉘 집 짝이기에 남복을 입고 나를 속이느냐? 올 적

에는 온 거지만 갈 적에는 임의로 못 가나니. 우리 둘이 목을

안고 한강수 깊은 물에 풍덩실 빠져 죽으면 죽었지, 살 때 두고

는 못 가나니."

　한대 매화가 정신 차려 양유를 바라보며 옥 같은 두 귀 밑에

눈물이 솟아나며

　"마오, 마오. 슬퍼 마오. 난들 아니 원통하랴? 그대는 사대부

자제되고 나는 천인이라. 부모 명령 그러하니 문호(門戶)의 욕

이로다. 모두 한한들 무엇하리오?"

유은 미화의 홍상자락을 잡고 그더 한번 가면 다시 보기 어려
온지라 창천의 미화 피고 후원의 도화 필 제 뉘로 ᄒᆞ여 귀경ᄒᆞ
며 츄월 츈풍 죠흔 경을 뉘로 하여금 노잔 말가 월명 사창 빈방
안의 홀노 안져 글 일글 제 그더 싱각 멧변이나 나단 말가 제발
덕분 가지 마라 미화은 양유 손을 잡고 낙누하난 말 말마라
날 싱각 츄호도 말고 어진 가문의 구혼ᄒᆞ야 요쥬숙여 퇵졍ᄒᆞ야
금셕갓치 밍셰ᄒᆞ고 빅연희로ᄒᆞ옵소셔 창천의 미화 안이라도 후
원의 도화 인나니라 나은 간다 나은 간다 부모 차져 나은 간다
방촌 중의 궁구을 제 싸죽신도 짝짝이 벼셔지고 옷짓도 물

양유는 매화의 홍상자락을 잡고

"그대 한번 가면 다시 보기 어려운지라. 창천에 매화 피고 후원에 도화(桃花) 필 제 뉘와 함께 구경하며 추월 춘풍 좋은 경치 뉘와 함께 논단 말인가? 월명 사창 빈방 안에 홀로 앉아 글 읽을 제 그대 생각 몇 번이나 난단 말인가? 제발 덕분 가지 마라."

매화는 양유의 손을 잡고 눈물을 흘리며 하는 말이

"말마라, 내 생각 추호도 말고 어진 가문에 구혼하여 요조숙녀 택정하여 금석같이 맹세하고 백년해로하옵소서. 창천의 매화 아니라도 후원의 도화(桃花) 있나이다. 나는 간다. 나는 간다. 부모 찾아 나는 간다."

방촌 중에 뒹굴 제 가죽신도 짝짝이 벗겨지고 옷깃도

너나고 미화 머리치은 가닥가닥 헛터저 광풍의 헌날일 제 이런
일도 쏘 인난가 이러타시 실피 울 제 옥난이 쏘츠오며 엿즈오
되 상원님이 디로ᄒ야 도련님을 츠오라 부뷔 디단ᄒ옵시니 어
셔 밧비 가사이다 양유 이 말을 드리니 정신이 상망ᄒ여 줍은
소민 엉겁저리 얼넌 노코 원슈로다 원슈로다 이번 질이 원슈로
다 그 틱도와 연연흔 너의 얼골 어느 쩌나 다시 보며 원통하다
우리 연분 언제나 다시 보랴 미화야 부듸 부듸 잘 가거라 명연
춘삼월의 양유 되거던 날 본다시 쥬류룩 홀처다가 홍상즈락의
거메안고 칠야[1] 삼경의 집푼 밤의 날과 흔틱 즈은 다시 가삼
의 미친 원을 부

밀려나고 매화 머리채는 가닥가닥 흩어져 광풍에 흩날릴 제, 이런 일도 또 있는가?

이렇듯이 슬피 울 제 옥난이 쫓아오며 여쭈되

"생원님이 크게 노하여 도련님을 찾아오라 분부 대단하오니 어서 바삐 가사이다."

양유가 이 말을 들으니 정신이 황망하여 잡은 소매 엉겁결에 얼른 놓고

"원수로다. 원수로다. 이번 길이 원수로다. 그 태도와 연연한 너의 얼굴 어느 때나 다시 보며, 원통하다 우리 연분 언제나 다시 보랴. 매화야, 매화야. 부디 부디 잘 가거라. 내년 춘삼월에 버들 되거든 날 본 듯이 주르륵 훑어다가 홍상자락에 거머안고 칠야 삼경 깊은 밤에 나와 함께 자는 듯이 가슴의 맺힌 원을 부디

디 부디 풀게 ᄒᆞ소 미화 정신이 업시 이러나 여보 수지 잘 잇시
요 황쳔의 곳시 피거덜낭 한 가지을 와직근 썩거다가 벽상의
ᄭᅩᄌ 두고 글공부하시다가 날 본다시 ᄉᆞ랑ᄒᆞ야 상ᄒᆞᆫ 마음 푸옵
소셔 방촌 즁의 일보 일보 겨려갈 제 양유 바람갓치 ᄶᅩ츠가셔
미화 손질 덥벅 잡고 늬 가면 참의로 간다 말가 아무리 ᄒᆞ여도
놀을 뜻시 젼이 업고 일진 기리 바이 업다 두리셔 홀 제 옥난이
발을 동동 굴의면셔 엿ᄌᆞ오되 공부ᄒᆞᆫ 도렴님이 어분 쳐ᄌᆞ로
더부러 디로변의 이별ᄒᆞ다가 우세 안이 되오리ᄭᅡ 이별 고만ᄒᆞ
옵고 어셔 밧비 가산이다 ᄒᆞᆫ디 양유 할 일 업셔 이러나며 미화
야 하릴업다 잘 가거라 송죽 갓

부디 풀게 하소."

매화가 정신없이 일어나

"여보, 수재. 잘 있으시오. 황천에 꽃이 피거들랑 한 가지를 와지끈 꺾어다가 벽상에 꽂아 두고 글공부하시다가 날 본 듯이 사랑하여 상한 마음 푸옵소서."

방촌 중에 일보 일보 걸어갈 제 양유가 바람같이 쫓아가서 매화 손길 덥석 잡고

"내 가면 참으로 간단 말인가? 아무리 하여도 놓을 뜻이 전혀 없고 잊을 길이 아주 없다."

둘이서 이리할 제 옥난이 발을 동동 구르면서 여쭈되

"공부하는 도련님이 어여쁜 처자와 더불어 대로변에서 이별하다가 우세 아니 되오리까? 이별 그만하옵고 어서 바삐 가사이다."

한대, 양유가 하릴없어 일어나며

"매화야, 어쩔 수 없다. 잘 가거라. 송죽(松竹) 같은

튼 고든 절기 변치 말고 잘 가거라 여보 슈지 잘 이시요 미유장
츈 호시졀의 쏘 꼿 다사 만나리다 여보 낭즈 부디 부디 잘 가시
요 잇지 말난 말 명심 불망 ᄒ옵소셔 한디 미화 양유 옥슈을
덥벅 잡고 ᄒ난 말이 요부 슈즌은 부모님 양위 모시고 부디
잘 잇시시요 나난 이 질의 가 부모 만나면 조의련과 그러치
못ᄒ면 청강수 말물의 몸을 바리여 혼빅이라도 슈즈을 ᄎᄌ갈
거시니 이 혼이라고 갈세 말오 ᄒ고 ᄎᄎ 머러지니 미화 옥슈
나삼 너짓 드러 손을 치며 여보 슈즈 잘 잇시시요 ᄒ난 소리
무정ᄒ넌구나 양유 하릴 업시 학당의로 드러가고 미화난 잔등
의로 ᄃᆡ러ᄀ며 바람마즌 병신인 체 이리 흔들

곧은 절개 변치 말고 잘 가거라."

"여보, 수재, 잘 있으시오. 매화 버들 장춘 좋은 시절에 또 곧 다시 만나리다."

"여보, 낭자. 부디 부디 잘 가시오. 잊지 말란 말 명심하여 잊지 마옵소서."

한대, 매화가 양유 옥수를 덥석 잡고 하는 말이

"여보, 수재는 부모님 두 분 모시고 부디 잘 있으시오. 나는 이 길로 가 부모 만나면 좋으려니와 그렇지 못하면 청강수 맑은 물에 몸을 버리어 혼백이라도 수재를 찾아갈 것이니, 이 혼이라고 괄시 마오."

하고 차차 멀어지니 매화는 옥수 나삼 넌짓 들어 손을 치며

"여보, 수재. 잘 있으시오."

하는 소리 무정하구나. 양유가 하릴없어 학당으로 들어가고 매화는 산중으로 들어가며 바람맞은 병신처럼 이리 흔들

저리 흔들 여광여취[12] ᄒ난고나 의도 던지고 힝당화도 질근 써
거 머리 우의도 썰너 보며 ᄒ난 말이 홍진비니[13] 보기 실타
미화난 이무 쓰난 듸 탐화봉졉 오단 말과 이리저리 올나갈 제
산은 즁쳡ᄒ고 폭표 요요한듸 실픠 두견조난 날과 갓치 규요
셰유련 꾀고리은 날과 갓치 ᄒ유[14] ᄒ고 왕늬ᄒ은 범나비은 자
식 찬난 실푼 소리 늬 부모 슈심이라 긔사 쳥쳥 버들가지 나를
보고 나을 보고 스랑ᄒ야 우쥴우쥴 춤을 츄고 빅빅홍홍[15] 두견
화은 나를 보고 반게ᄒ야 변긋변긋 운난구나 쏘 도화 불근 쏘
션 외갓 시가 나든다 소짝시 거동바라 만슈 화발 쏫가지의 실
픠 안져 우난 말이 쥬부야

저리 흔들 여광여취(如狂如醉)하는구나. 옷도 던지고 해당화도 질끈 꺾어 머리 위에도 찔러 보며 하는 말이

"흥진비래(興盡悲來) 보기 싫다. 매화는 이미 떠나는데 꽃 찾는 나비가 온단 말인가?"

이리저리 올라갈 제

"산은 첩첩하고 폭포는 요요한데, 슬피 우는 두견새는 나와 같이 울고, 가는 버들에 꾀꼬리는 나와 같이 벗을 부르고, 왕래하는 범나비가 자식 찾는 슬픈 소리 내 부모 수심이라. 시냇가 청청 버들가지 나를 보고 사랑하여 우쭐우쭐 춤을 추고, 백백홍홍 두견화는 나를 보고 반겨하여 벙긋벙긋 웃는구나."

또 복숭아꽃 붉은 꽃엔 온갖 새가 날아든다. 소쩍새 거동 봐라. 만수 화발 꽃가지에 슬피 앉아 우는 말이

"주부야,

쥬부야 짐 쥬부야 권속 하나 차져간다 소시 져거 어이할고 이
리 가며 소싹 져리 가며 소싹 울고 가니 사람의 간장 다 녹이다
쏘 한 시가 나라든다 져 할미시 거동 바라 칭함절벽 셕의 홀노
안져 우난 말이 병수 병수 조 병수야 미화을 보고 천인이라
하니 밋처늬야 이리 가며 비죽 져리 가며 비죽 사람의 간장
다 녹인다 쏘 흔 시가 나라든다 져 풀국시 거동 바라 만첩쳥
산16) 집푼 골례 안 우난 소리 원슈로다 원슈로다 이변 질의
원슈로다 방초 즁의 궁글져 노고 홍상 푸리죽다 이리 가며 풀
국 져리 가며 풀국 스람의 간장 타 녹인다 쏘 한 시 나라든다
져 쇠리 시 거동 바라 세유영의 늬피 안저 우난 소리 미화야
미화야 남복은

주부야, 김 주부야. 권속 하나 찾아간다. 솥이 작아 어이할꼬."

이리 가며 '소쩍!' 저리 가며 '소쩍!' 울고 가니 사람의 간장 다 녹인다.

또 한 새가 날아든다. 저 할미새 거동 봐라. 층암절벽 돌에 홀로 앉아 우는 말이

"병사, 병사, 조 병사야. 매화를 보고 천인이라 하니 미쳤느냐?"

이리 가며 '삐쭉', 저리 가며 '삐쭉'. 사람의 간장 다 녹인다.

또 한 새가 날아든다. 저 뻐꾸기 거동 봐라. 만첩청산(萬疊靑山) 깊은 골에 앉아 우는 소리

"원수로다, 원수로다. 이별 길이 원수로다. 방초 중에 뒹굴어져 녹의홍상 풀어졌다."

이리 가며 '풀국', 저리 가며 '풀국'. 사람의 간장 타 녹인다.

또 한 새 날아든다. 저 꾀꼬리 새 거동 봐라. 가는 버들에 높이 앉아 우는 소리

"매화야, 매화야. 남복은

엇다 두고 노그홍상 더옥 곱다 이리 가며 고비 저리 가며 네츳
네츳 ᄒ니 사람의 간장 다 녹인다 ᄯᅩ 한 시 나라든다 저 저비시
거동 바라라 허공에 놉피 ᄯᅥ셔 우나 소리 낭ᄌᆞ야 낭ᄌᆞ야 부모
소식 부저로다 이리 가미 부지로다 져리 가미 부지로다 스람에
간장 다 녹인다 ᄯᅩ 시가 나라든다 저 ᄶᅡ옥시 거동 바라 고목가
지 놉피 안져 우나 말이 져기 가은 져 낭ᄌᆞ야 는졍는졍 ᄶᅡ은
머리 옥비닉가 더옥 좃타 이리 가며 ᄶᅡ옥 저리 가며 ᄶᅡ옥 ᄶᅡ옥
사람의 간즁 다 녹인다 ᄯᅩ 한 시 나라든다 저 오반시 거동바라
낭낭장송 느러진 가지 홀노 안져 우난 소리 졍신 업난 져 낭ᄌᆞ
야 부모을 곳 볼나거던 손즁의로 활살갓치 드러가소 이리 가며
슈류

어디 두고 녹의홍상 더욱 곱다."

이리 가며 '고비', 저리 가며 '네차 네차' 하니 사람의 간장 다 녹인다.

또 한 새 날아든다. 저 제비 새 거동 보아라. 허공에 높이 떠서 우는 소리

"낭자야, 낭자야. 부모 소식 부지(不知)로다. 이리 감이 부지로다. 저리 감이 부지로다."

사람 간장 다 녹인다.

또 새가 날아든다. 저 따옥새 거동 보아라. 고목 가지 높이 앉아 우는 말이

"저기 가는 저 낭자야. 는적는적 땋은 머리 옥비녀가 더욱 좋다."

이리 가며 '따옥', 저리 가며 '따옥 따옥'. 사람 간장 다 녹인다.

또 한 새 날아든다. 저 호반새 거동 봐라. 낙락장송 늘어진 가지에 홀로 앉아 우는 소리

"정신없는 저 낭자야. 부모를 곧 보려거든 산중으로 화살같이 들어가소."

이리 가며 '수루룩'

룩 져리 가며 슈류룩 초경 이거 삼경 사경에 사람의 간장 다
녹인다 잇쩌 최씨 부인이 제 동싱을 불너 왈 병사가 미화을
보넛스니 급피 둘얼 쏘차 가셔 붓드러 오라 엇지 조고만 여주
의 거음을 당치 못ᄒ리요 힌디 초 모 이 말을 듯고 사람속을
ᄒ샤 산즁의로 바람갓치 조추가며 미화 보고 소리을 크게 ᄒ여
가로디 져기 가는 져 낭주야 가지 말고 우을 기달려라 그리
가면 어디로 간다 홈지으 든 범이요 되민의 논 고기라 ᄒ난
소리 산천이 진동ᄒ난지라 미화 디경ᄒ야 여여한 기질노 다라
나며 싱스 판ᄒ되 엇지 남주의 거름을 당ᄒ리요 잇쩌 쥬부은
동주로 더부러 뫼혼 슐법

저리 가며 '수루룩'. 초경, 이경, 삼경, 사경에 사람 간장 다 녹인다.

이때 최씨 부인이 제 동생을 불러 말하기를

"병사가 매화를 보냈으니 급히 서둘러 쫓아가서 붙들어 오라. 어찌 조그만 여자의 걸음을 당치 못하리오."

한대, 최 모가 이 말을 듣고 사람들을 모아 산중으로 바람같이 쫓아가며 매화 보고 소리를 크게 하여 가로되

"저기 가는 저 낭자야. 가지 말고 우리를 기다리라. 그리 가면 어디로 가겠느냐? 함지에 든 범이요, 도마에 놓인 고기라." 하는 소리에 산천이 진동하는지라. 매화가 대경하여 연연한 기질로 달아나며 생사 판단하되 '어찌 남자의 걸음을 당하리오?'

이때 주부는 동자와 더불어 묘한 술법을

을 이논ᄒ다가 엇지 싱각더니 디경질식ᄒ여 학창[17]을 썰처입
고 급피 박그로 나가거날 동자 짜라나오며 여자오디 션싱은
무삼 급한 이리 잇삽과디 급피 가려ᄒ시잇가 한디 쥬부 왈 너
난 죵차 아리로다 ᄒ시고 소미을 한번 드러 히롱ᄒ니 반공의
소사나난 다시 칠봉을 너머가 산 밧글 바라보니 여러 사람이
소릭을 크게 질의면셔 엇더흔 여ᄌ을 쏘차 거이 잡게 되야거늘
쥬부 그져야 미화줄 알고 분함을 이기지 못ᄒ여 소밍셔로 무신
글귀을 니여던지니 일진광풍이 이러나며 벽역갓튼 소릭 나더
니 층암절벽이 사방으로 두루며 여러 ᄉ람을 가두난지라 최씨
의 동싱이 실노 고히ᄒ여 미화

의논하다가 어찌 생각하더니 대경실색하여 학창의를 떨쳐입고 급히 밖으로 나가거늘 동자가 따라나오며 여쭈되

"선생은 무슨 급한 일이 있으시기로 급히 가려 하시나이까?"

한대, 주부가 말하기를

"너는 장차 알리로다."

하시고 소매를 한번 들어 놀리니 반공(半空)에 솟아나는 듯이 칠봉을 넘어가 산 밖을 바라보니 여러 사람이 소리를 크게 지르면서 어떤 여자를 쫓아 거의 잡게 되었거늘 주부가 그제야 매화인 줄 알고 분함을 이기지 못하여 소매에서 무슨 글귀를 내던지니 일진광풍이 일어나며 벽력같은 소리가 나더니 층암절벽이 사방으로 두르며 여러 사람을 가두는지라.

최씨의 동생이 실로 괴이하여 매화를

을 죠차 사면을 살펴보니 좌편은 청암절벽이요 우편은 강슈로
다 여려 스람 갈 발을 아지 못ᄒ야 그 가온디 죵일토록 고싱ᄒ
며 최씨의 동싱을 원망ᄒ난지라 잇쩌 미화은 아무리 할 쥴 모
로고 실피 치응 왈 산은 첩첩이요 물은 청청 강슈로다 어디로
가잔 말가 부모 얼골 못 볼진디 차라리 이 강슈의 ᄲᅡ져 죽의이
라 ᄒ고 노기홍상 무릅씨고 광치 죠흔 눈을 감고 물의 ᄲᅱ여들
나 할 제 문득 산즁의로셔 무삼 소리 들이거날 혼미 즁의 바라
보니 엇더흔 스람이 미화 미화 미화 크게 불의며 나

쫓아 사면을 살펴보니 좌편은 층암절벽이요 우편은 강수로다. 여러 사람들이 갈 바를 알지 못하여 그 가운데 종일토록 고생하며 최씨의 동생을 원망하는지라.

이때 매화는 어떻게 할 줄 모르고 슬피 울며 말하기를

"산은 첩첩이요, 물은 청청(靑靑) 강수(江水)로다. 어디로 가잔 말인가? 부모 얼굴 못 볼진대 차라리 이 강수에 빠져 죽으리라."

하고 녹의홍상 무릅쓰고 광채 좋은 눈을 감고 물에 뛰어들려 할 제 문득 산중으로부터 무슨 소리가 들리거늘 혼미한 중에 바라보니 어떤 사람이

"매화. 매화. 매화."

크게 부르며

러오거날 미화 반석의 안져 그 스람을 기달이더니 순식간의
엇더한 노인 녹표 흑비을 씌고 니려와 미화의 손을 잡고 왈
아가 미화야 너히 부친 니가 왓다 정신 차려 날 보라 ㅎ며 붓들고
일히일비ㅎ난지라 ㅎ거늘 미화 정신차려 살펴보니 부친이 분명
ㅎ거날 가삼이 막켜 아모 말도 못ㅎ다가 부친으 손을 잡고 여보
시요 부친임 이거시 꿈인지 싱신지 명천이 감동ㅎ여 우리 부친
을 맛낫스니 이팔청춘 역으셔 죽어도 혼이 업슬지라 ㅎ고 이러
나 다시 그려 할 제 쥬부 미화을 달니여 왈 이도 역시 운슈라

내려오거늘 매화가 반석에 앉아 그 사람을 기다리더니 순식간에 어떤 노인이 녹포(綠袍)에 흑대를 띠고 내려와 매화의 손을 잡고 말하기를

"아가, 매화야. 너의 부친 내가 왔다. 정신 차려 날 보아라."
하며 붙들고 일희일비(一喜一悲)하는지라. 매화가 정신 차려 살펴보니 부친이 분명하거늘 가슴이 막혀 아무 말도 못하다가 부친의 손을 잡고

"여보시오, 부친님. 이것이 꿈인지 생신지. 명천(明天)이 감동하여 우리 부친을 만났으니, 이팔청춘 여기서 죽어도 한이 없을지라."
하고 일어나 다시 가려 할 제 주부가 매화를 달래어 말하기를

"이도 역시 운수라.

훈훈들 무엇후라 후고 네의 모친 인난 곳을 가자 후시거늘 미
화 진정후여 부친 전의 지비 왈 슈년 전의 천금 기후 일힝 만안
후오시고 모친도 안영후옵신잇가 쥬부 왈 다 무스하거니와 나
도 너 고싱후난 발을 안안 바바라 오날 이고디 와 만날 쥴을
짐작후여노라 후며 미화을 다리고 기구훈 산중의로 올나가난
지라 미화 문 왈 모친 게신 고시 여셔 얼마나 되나잇가 쥬부
왈 여셔 이빅 이여니와 닉 뒤을 싸르라 비록 셕약이라도 져무
지 안이홀 거시라 후고

한(恨)한들 무엇 하랴?"

하고

"너의 모친 있는 곳으로 가자."

하시거늘 매화가 진정하여 부친 앞에 재배하고 말하기를

"수년 동안 천금 같은 기후(氣候) 일행 만안(萬安)하오시고, 모친도 안녕하시나이까?"

주부가 말하기를

"다 무사하거니와 나도 너 고생하는 바를 아는 바라. 오늘 이곳에 와 만날 줄을 짐작하였노라."

하며 매화를 데리고 기구한 산중으로 올라가는지라. 매화가 물어 말하기를

"모친 계신 곳이 여기서 얼마나 되나이까?"

주부가 말하기를

"여기서 이백 리(里)거니와 내 뒤를 따르라. 비록 석양이라도 저물지 아니할 것이라."

하고

축지법을 힝ᄒ여 가미 빅운을 허치고 산천을 요동ᄒ난 듯 하더라 이윽ᄒ여 한고디 다다르니 청봉만학은 구름의로 잇고 폭표난 요요한되 그 가온디 광활노라 여 별유쳔질네라 단코건이여 셕문의 다다르니 동자와 마ᄌ 드러가거늘 반겨 드러가니 삼간초옥으 단청 황홀ᄒ야 광치 찰난ᄒ지라 거 집도 죠커이와 풍경도 더옥 조타 세유슈야쳔만ᄉ18)의 황힝 편편편 ᄒ유ᄒ고 후원을 도라보니 빅접은 쌍쌍너왕ᄒ고 ᄉ시장츈 쇌 나부난 휘휘 둘너 잇고 모란 졉동 홍연화난 츈풍

축지법을 행하여 가매 백운(白雲)을 헤치고 산천을 요동하는 듯하더라. 이슥하여 한곳에 다다르니 천봉만학(千峯萬壑)은 구름으로 솟아 있고 폭포는 요요한데 그 가운데 광활하여 별유천지(別有天地)더라.

석문에 다다르니 동자가 맞아 들어가거늘 반겨 들어가니 삼간초옥(三間草屋)은 단청이 황홀하여 광채가 찬란한지라. 그 집도 좋거니와 풍경도 더욱 좋다. 세류수양천만사(細柳垂楊千萬事)에 꾀꼬리는 편편편 친구를 부르고 후원을 돌아보니 흰 나비는 쌍쌍이 왕래하고 사시장춘(四時長春) 풀 나무는 휘휘 둘려 있고 모란 접동 홍련화는 춘풍을을 못 이기여 우쥴우쥴 츔을 츄고 어즉츅슈[19] 인사 즁의 츠문 쥬가핫쳐져[20]오 목동조지[21] 살구솟과 셰령상월이요 동가셜즁 미[22]을 여기져기 심거난디 혹벽이안 ᄒ고 황기난심이오 거울 갓턴 연못가의 빅화은 만발ᄒ고 그 가온디 쌍오리난 문츄국화 발툽 초몸 드문드문 둥실 쩌가이고 벗뜻 소사 빅파 탕탕 놀이 난듸 금시상봉셕ᄒ산은 쌕의로 졍을 맛쳐 두려시 소사난듸 슈지오지[23] 비둘귀난 쌍거쌍늬[24]ᄒ여 잇고 졍ᄒ[25]의 학 두름은 씰육 츔츈다 잇쩌 부인이

못 이기어 우쭐우쭐 춤을 추고 어주축수(漁舟逐水) 인사 중에
차문주가하처재(借問酒家何處在)오? 목동요지(牧童遙指) 살
구꽃과 세령상월이오. 동각설중매(東閣雪中梅)를 여기저기 심
었는데 홍백이 난만하고 향기는 깊구나.

거울 같은 연못가에 백화는 만발하고 그 가운데 쌍오리는
가을 국화가 어디 피었나 물으며 드문드문 둥실 떠서는 번뜩
솟아 백파(白波) 탕탕 놀리는데 금미상봉섭하사(金美相逢涉
何事)는 객으로 정을 맞춰 뚜렷이 솟았는데 수지오지(誰知烏
之) 비둘기는 쌍거쌍래(雙去雙來)하여 있고 정하(庭下)의 학
두루미는 끼룩 춤춘다.

이때 부인이

즁문의 나와 미화의 손을 잡고 디경디히ㅎ여 왈 너을 이별ㅎ고
쥬야로 셔려ㅎ여더니 이거시 무삼 이리야 조곰마넌 너의 몸이
어디 가 의탁ㅎ여셔 져디지 장셩ㅎ난야 일히일ㅎ난지라 미화
모친을 위로 왈 쳔금 일신을 위ㅎ여 마음을 진정ㅎ옵소셔 불호
여식은 쳔힝의로 부모을 만나사오니 엇지 질겁지 안이리요 ㅎ
고 젼후사을 낫낫치 셜화ㅎ며 셰월을 보니더라 잇써 양유은
미화을 이별ㅎ고 명월 사창 빈방 안의 홀노 안즈 공부할 제
미화의 아롬다운 그 티도난 눈의 암암ㅎ여 잇고 연연

중문에 나와 매화의 손을 잡고 대경대회하여 말하기를

"너와 이별하고 주야로 슬퍼하였더니 이것이 무슨 일이냐? 조그마한 너의 몸이 어디 가 의탁하여 저다지 장성하였느냐?"

일희일비하는지라. 매화가 모친을 위로하여 말하기를

"천금 일신을 위하여 마음을 진정하옵소서. 불효 여식은 천행으로 부모를 만났사오니 어찌 즐겁지 아니하리오?"

하고 전후사(前後事)를 낱낱이 이야기하며 세월을 보내더라.

이때 양유는 매화와 이별하고 명월 사창 빈방 안에 홀로 앉아 공부할 제, 매화의 아름다운 그 태도는 눈에 암암하여 있고 연연한

# 22 - 앞

혼 말 소리난 귀의 징징ᄒ여시니 가삼에 병이 되여 스시장츈
훈이로다 삼월 츈풍 조흔 경과 녹음방초승화이[26]의 뉘로 ᄒ여
노잔 말가 미화야 미화야 죽엇느야 살엇난야 미화나무난 ᄭ옷도
피건마은 너난 한변 가면 다시 올 쥴 모로냐 이러타시 자탄할
제 병스은 양유의 혼처을 정하여 납편 후의 디ᄉ 날 밧앗난지라
최 병스을 디하여 왈 양유은 져갓턴 비필을 정ᄒ여거이와 니
동싱은 홀노 잇시미 뉘라서 ᄶᅡᆨ을 졍ᄒ여 쥬리요 미화갓턴 인물
을 보니스니 엇지 원통치 안이ᄒ리요 자탄을 마지안이ᄒ더

말소리는 귀에 쟁쟁하였으니 가슴에 병이 되어 사시장춘(四時長春) 한이로다.

"삼월 춘풍 좋은 경치와 녹음방초승화시(綠陰芳草昇華時)에 뉘와 함께 놀잔 말인가? 매화야, 매화야. 죽었느냐, 살았느냐? 매화나무는 꽃도 피건마는 너는 한번 가면 다시 올 줄 모르느냐?"

이렇듯이 자탄할 제, 병사는 양유의 혼처를 정하여 납폐 후에 대사 날을 받았는지라. 최씨가 병사를 대하여 말하기를

"양유는 저 같은 배필을 정하였거니와 내 동생은 홀로 있으매 뉘라서 짝을 정하여 주리오? 매화 같은 인물을 보냈으니 어찌 원통치 아니하리오?"

자탄을 마지아니하더라.

라 이젹 미화안 양유을 싱각할 제 츈풍도리화기요[27] 전전불

민[28] 흔이로다 월싴[29]을 짜라 귀경ㅎ다가 양유 쳥쳥 푸린 가

지 옥슈 덥벅 후여잡고 어느시 입이 피여시며 쇠고리을 쳥ㅎ난

디 양유은 어이ㅎ야 나을 쳥할 모로난고 버들입을 쥬류류 훌터

홍상자락의 거메안고 제 방의로 드러가 버들입의 글 두ᄌ을

써시되 미화 미 ᄌ 벼들 유 ᄌ 셔로 상 ᄌ 맛날 봉 ᄌ을 써셔

벽상의 거러 너코 쥬야로 싱각할 제 골슈의 병이 되야 눈물노

세워을 보니난지라 일일은 쥬 니당의 드러와 부인을 디하야

왈 미화난 나히 십육 세라 엇지

이때 매화는 양유를 생각할 제, 춘풍도리화개야(春風桃李花開夜)요, 전전불매(輾轉不寐) 한이로다. 월색을 따라 구경하다가 양유 청청(靑靑) 푸른 가지를 옥수로 덥석 휘어잡고

"어느새 잎이 피었으며 꾀꼬리를 청하는데 양유는 어이하여 나를 청할 줄 모르는고?"

버들잎을 주르륵 훑어 홍상자락에 거머안고 제 방으로 들어가 버들잎에 글 두 자를 썼으되 매화 매(梅) 자(字), 버들 유(柳) 자(字), 서로 상(相) 자(字), 만날 봉(逢) 자(字)를 써서 벽상에 걸어 놓고 주야로 생각할 제 골수에 병이 되어 눈물로 세월을 보내는지라. 하루는 주부가 내당에 들어와 부인을 대하여 말하기를

"매화는 나이가 십육 세라. 어찌

제와 갓튼 비필을 졍치 못ᄒ리요 맛당한 혼처 잇서 졍혼ᄒ여
디사 날을 바다난이다 혼디 부인이 이 말을 듯고 디히ᄒ며 ᄌ
탄 왈 우리 두리 여식 ᄒ나 두엇다가 슈연을 이별ᄒ여다가 만
난지 슈월이 못되야 셔로 이별ᄒ게 되얏스니 셥셥ᄒ게 되얏다
ᄒ고 시러ᄒ거늘 쥬부 왈 부인은 니의 변화지슈을 모로나닛가
츄호도 걱정 마옵소셔 ᄒ고 외당의로 나가난지라 미화 이 말을
듯고 졍신이 살난ᄒ야 가삼이 무너지난 듯 ᄒ더라 모친을 디하
여 문 왈 부친이 나을 엇던 가문의 졍혼ᄒ엿다 ᄒ시더잇가 부
인 왈 나도 아

저와 같은 배필을 정하지 못하리오? 마땅한 혼처 있어 정혼하여 대사 날을 받았나이다."

한대, 부인이 이 말을 듣고 대희(大喜)하며 자탄하여 말하기를

"우리 둘이 여식 하나 두었다가 수년을 이별하였다가 만난지 몇 달도 못 되어 서로 이별하게 되었으니 섭섭하게 되었다."

하고 슬퍼하거늘 주부가 말하기를

"부인은 나의 변화지수(變化之手)를 모르시나이까? 추호도 걱정 마옵소서."

하고 외당으로 나가는지라.

매화가 이 말을 듣고 정신이 산란하여 가슴이 무너지는 듯하더라. 모친을 대하여 묻기를

"부친께서 저를 어떤 가문에 정혼하였다 하시더이까?"

부인이 말하길

"나도 알지

지 못ᄒ거이와 귀즁 쳐즈가 엇지 혼쳐을 알고즈 ᄒ나요 미화
쏘 문 왈 소여 비록 여즈오나 알고져 ᄒ난이다 부인이 더칙
왈 시방 그집아히더른 나히 십오 세 되야 가면 혼ᄉ 말이 얼은
ᄒ면 히싴이 만안ᄒ여 밤시도록 부모을 조의나야 미화 무류ᄒ
야 다시난 무지도 못ᄒ고 마음만 상할 다름일네라 잇쩌 쥬부
동즈을 불너 왈 연안 션인동의 가 죠 병ᄉ의 아달 양유을 즈바
오너라 ᄒ고 범 호 자을 써써 동즈 등의 붓치이 곳 범이 되난지
라 게ᄒ의 게ᄒ의 나려 복지 청영ᄒ시고 직시 연안동을 츠즈

못하거니와 규중처자가 어찌 혼처를 알고자 하느냐?"

　매화가 또 묻기를

　"소녀 비록 여자이오나 알고자 하나이다."

하니 부인이 크게 꾸짖어 말하기를

　"요즘 여자아이들은 나이 십오 세 되어 가면 혼삿말이 얼른 해도 희색이 만안하여 밤새도록 부모를 조르느니라."

　매화가 무안하여 다시는 묻지도 못하고 마음만 상할 따름일러라.

　이때 주부가 동자를 불러 말하기를

　"연안 선인동에 가서 조 병사의 아들 양유를 잡아오너라."

하고 범 호(虎) 자(字)를 써서 동자 등에 붙이니 곧 범이 되는지라. 계단 아래에 내려가 엎드려 명령을 듣고 즉시 연안동을 찾아

가 조 병수의 집이 드러가니 명일의 디스 날이라 ᄒ고 여러
사람이 분쥬ᄒ거늘 그 범이 두 눈의다 불을 크게 쓰고 드러니
여러 스람이 디경ᄒ야 업더저 기절ᄒ난지라 그 범이 쏘흔 학당
의 드러ᄀ니 양유안 월식을 디하야 잠을 이우지 못ᄒ고 화답을
가니 도화 점점 불근 가지와 직근 써거 가지고 느가 미화야
미화쏘시건만은 미화난 어디가고 양유 청청 풀인 가지 홀노
셔셔 질기난고 명일은 디스 날이라 ᄒ니 디스 날이 원슈로다
원슈로다 조즈롱의 월강ᄒ던 비용마가 잇거든면 오날 밤의 도
망ᄒ여 미화을 ᄎᄌ보련만은 그러

가 조 병사의 집에 들어가니 내일이 대사 날이라 하고 여러 사람이 분주하거늘 그 범이 두 눈에다 불을 크게 켜고 들어가니 여러 사람이 대경하여 엎드러져 기절하는지라. 그 범이 또한 학당에 들어가니 양유는 월색을 대하여 잠을 이루지 못하고 화답(花踏)을 가니 도화 점점이 붉은 가지 질끈 꺾어

"네가 매화냐? 매화꽃이건만 매화는 어디 가고 양유 청청 푸른 가지 홀로 서서 즐기는고? 내일은 대사 날이라 하니 대사 날이 원수로다. 원수로다. 조자룡이 강 건너던 비룡마가 있었다면 오늘밤에 도망하여 매화를 찾아보련마는 그렇듯

틋 못ᄒ니 골슈의 병이로다 이러타시 ᄌ탄할 제 문득 휘파소러
나며 왈칵 달여드러 양유을 집어 언고 바람갓치 가니 디경질식
ᄒ여 아모리 홀 쥴 모로고 반셩반사ᄒ난지라 순식간의 다다르
니 동방이 이무 박난지라 초당의로 드러ᄀ니 쥬부 디히ᄒ여
동ᄌ 불너 약을 쥬며 구완ᄒ라 ᄒ거늘 양유 그 약을 먹의니
마음이 상캐ᄒ야 정신이 도라오난지라 쥬부 왈 양유을 ᄌ바드
리라 ᄒ디 동ᄌ 영을 듯고 양유을 게하의 ᄭ리이거늘 쥬부 호령
ᄒ여 왈 양유 너난 어이ᄒ 놈이관디 미화을 사랑

못하니 골수에 병이로다."

이렇듯이 자탄할 제, 문득 휘파람 소리 나며 왈칵 달려들어 양유를 집어 얹고 바람같이 가니 대경실색하여 어찌할 줄 모르고 반생반사(半生半死)하는지라.

순식간에 다다르니 동방이 이미 밝는지라. 초당으로 들어가니 주부가 대희하여 동자를 불러 약을 주며 구완하라 하거늘 양유가 그 약을 먹으니 마음이 상쾌하여 정신이 돌아오는지라. 주부가 말하기를

"양유를 잡아들이라."

한대, 동자가 명령을 듣고 양유를 계단 아래에 꿇리거늘 주부가 호령하여 말하기를

"양유 너는 어떠한 놈이기에 매화를 사랑하여

ㅎ야 부부되리라 ㅎ고 간장만 노기다 쏘츠닌단 말이야 미화 으탁할 고시 업셔 다니다가 강슈의 싸저 죽어스니 이팔쳥츈 어린 거시 엇지 원통치 안이ㅎ리요 그 죄을 싱각ㅎ면 너을 엇지 살여 두리요 ㅎ신디 양유 아모란 쥴 모고 복지ㅎ여다가 미화 죽어단 말을 듯고 쌍을 두다리며 문 왈 존공은 누시오며 미화 죽은 쥴은 엇지 알며 죽은 고셜 알며 아르시거던 가르처 쥬옵소 셔 소즈도 쏘흔 미화 죽은 하양 강슈 말근 물의 싸저 죽어 황쳔 의 도라ㄱ셔 미화의 싹이 되야 가삼의 미친 원을 풀가

부부가 되리라 하고 간장만 녹이다 쫓아낸단 말이냐? 매화가 의탁할 곳이 없어 다니다가 강수에 빠져 죽었으니 이팔청춘(二八靑春) 어린 것이 어찌 원통치 아니하리오? 그 죄를 생각하면 너를 어찌 살려 두리오?"

하신대 양유가 어찌할 줄 모르고 땅에 엎드렸다가 매화가 죽었다는 말을 듣고 땅을 두드리며 묻기를

"존공은 누구시오며 매화가 죽은 줄은 어찌 알며 죽은 곳을 아신다면 가르쳐 주옵소서. 소자도 또한 매화가 죽은 하얀 강수 맑은 물에 빠져 죽어 황천에 돌아가서 매화의 짝이 되어 가슴에 맺힌 원을 풀까

흐난이다 흐며 무슈이 히난지라 쥬부 디로 왈 훗토산신이 미화
의 청츈 소연을 불상이 싱각 쑌 아이라 네의 부즈의 소당이
괴심이 싱각흐시고 금야 오경의 큰 범을 보닉고 너을 즈바 왓
거니와 오날밤의 그 범을 쥴 거시라 흐시고 동즈로 흐여곰 즈
바 가두라 흐시거늘 양유 흐릴업셔 동즈을 싸라 흔 방의 드러
가니 분벽ㅅ츙30) 평풍을 둘넌난듸 단청이 황홀흔지라 양유 죽
을 일 싱각흐니 졍신이 아득흔지라 방 즁의 업더져 우난 말이
이팔쳥츈 이 닉 몸이 흐릴업시 죽을지라

하나이다."

하며 무수히 하는지라. 주부가 대로(大怒)하여 말하기를

　"후토산신이 매화의 청춘 사연을 불쌍히 생각할 뿐 아니라 네 부자의 소행을 괘씸히 생각하시고 금야(今夜) 오경에 큰 범을 보내어 너를 잡아왔거니와 오늘밤에 그 범에게 줄 것이라." 하시고 동자로 하여금 잡아 가두라 하시거늘 양유가 하릴없어 동자를 따라 한 방에 들어가니 분벽사창에 병풍이 둘렸는데 단청이 황홀한지라. 양유가 죽을 일을 생각하니 정신이 아득한지라. 방중에 엎어져 우는 말이

　"이팔청춘 이 내 몸이 하릴없이 죽을지라.

불상ᄒ다 니의 부친 다만 독자을 두고 금지옥갓치 사랑ᄒ시더니 어너 ᄶᄂᆞ 다시 보며 나 죽을 일도 셔럽거이와 쏘혼 이팔쳥츈 어린 미화 만난 날노 ᄒ야 죽어스니 엇지 안이 원통ᄒ랴 이러타시 서리 울 제 동ᄌ가 큰 상을 니와 양유 압펴 노코 음식을 권ᄒ거날 양유 더 왈 죽을 스람이 엇지 음식을 먹의리요 ᄒ거날 동ᄌ 더 왈 그더난 장부가 안이로다 나 죽을지라도 엇지 읨식을 젼폐ᄒ리요 ᄒ며 만단 위로ᄒ거날 양유 마지못ᄒ여 그 음식을 먹의니 힝니 그이ᄒ야 세상 음식 안일네라 양유 이 결 왈 동ᄌ 나을 살여쥬

불쌍하다 나의 부친. 다만 독자(獨子)를 두고 금지옥엽(金枝玉葉)같이 사랑하시더니 어느 때에나 다시 보며 나 죽을 일도 서럽거니와 또한 이팔청춘 어린 매화, 만난 나로 인해 죽었으니 어찌 아니 원통하랴?"

이렇듯이 슬피 울 제, 동자가 큰 상을 내와 양유 앞에 놓고 음식을 권하거늘 양유가 말하기를

"죽을 사람이 어찌 음식을 먹으리오?"

하거늘 동자가 대답하여 말하기를

"그대는 장부가 아니로다. 죽을지라도 어찌 음식을 전폐(全廢)하리오?"

하며 만단 위로하거늘 양유가 마지못하여 그 음식을 먹으니 향내 기이하여 세상 음식 아닐러라.

양유가 애걸하여 말하기를

"동자, 나를 살려 주소서."

## 26 - 뒤

소서 호디 동조 답 왈 선싱 문호의 십년을 공부호여도 이 방의
가둔 스람은 스라 가지 못호연이다 양유 울며 호난 말리 스람
죽이면 엇지 죽이나요 동조 답 왈 오날밤의 큰 범이 와 스람을
조바 가거니와 쏘호 범보단 더 무셔운 거시 잇쏘다 호니 양유
더욱 디경호야 질식하여 기절호거늘 동조 위로호여 왈 함지사
지31)의 후에 싱지지망32) 지이후 여존호나니 죽난 가온디 스난
일리 잇스오나 만일 여조 귀신이 노기홍상을 입고 드러오거드
면 제성과 지부왕33)이 제 삼촌이라 도라 가지 못호난이다 호거
늘 양유 이 말

한대, 동자가 답하기를

"선생 문하에서 십 년을 공부하여도 이 방에 가둔 사람은 살아나가지 못하였나이다."

양유가 울면서 하는 말이

"사람을 죽이면 어찌 죽이나요?"

동자가 답하기를

"오늘밤에 큰 범이 와서 사람을 잡아가거니와 또한 범보다 더 무서운 것이 있도다."

하니 양유가 더욱 대경하여 질색하여 기절하거늘 동자가 위로하여 말하기를

"목숨이 위험한 지경에 처한 후 잘못으로 인해 죽는 죽음에도 여전히 살 수 있나니 죽는 가운데도 사는 일이 있사오나 만일 여자 귀신이 녹의홍상을 입고 들어오면 여러 성인과 염라대왕이 자기 삼촌이라도 살아 돌아가지 못하나이다."

하거늘 양유가 이 말을

을 듯고 더옥 디경호야 아무리 홀 줄 모로고 업더져더니 날이
이무 황혼이라 동ᄌ 정화슐 흔그셜 바쳐 들고 드러와 방 중의
노은 후의 등촉을 발키거늘 양유 이걸 왈 동ᄌ난 나을 살여
쥬소셔 흐거늘 동ᄌ 답 왈 원망34)이 그쑨이라 닌들 엇지 술이
요마은 마약 여ᄌ 귀신이 와셔 절흐거던 이러나 그 절을 므ᄌ
소셔 정성이 지극흐면 쳔힝으로 ᄉ라날가 흐난이다 흐며 박의
로 나가거늘 양유 홀노 안져스니 박그로셔 범이 도라오난 듯
귀신 오난 듯 심노 두려흐지라 창천의 월식은 명낭흔듸 구룸만
얼넌흐여도 범이 오난가 으

듣고 더욱 크게 놀라 어찌할 줄 모르고 엎드러지니 날이 이미 황혼이라. 동자가 정화수를 한 그릇 받쳐들고 들어와 방중에 놓은 후에 등촉을 밝히거늘 양유가 애걸하며 말하기를

"동자는 나를 살려 주소서."

하거늘 동자가 답하여 말하기를

"원래 목숨이 그뿐이라. 난들 어찌 살리겠는가마는 만약 여자 귀신이 와서 절하거든 일어나 그 절을 맞으소서. 정성이 지극하면 천행으로 살아날까 하나이다."

하며 밖으로 나가거늘 양유가 홀로 앉아 있으니 밖으로부터 범이 들어오는 듯 귀신이 오는 듯 실로 두려운지라. 창천의 월색은 명랑한데 구름만 얼씬하여도 범이 오는가

심후고 바람결의 나무임만 얼은후여 힝여 귀신인가 염예할 제
이팔청츈 어린아히 일쳔 간장 다 녹난다 이식후야 박그로셔
은년이 곡셩이 들이거날 졍신을 츠려 드러보니 아가 아가 드러
가즈 어만님 어만님 못 못가겟쇼 발을 동동 굴의면셔 밤이 이
무 깁퍼스니 어셔 밧비 드러가즈 그삼 탕탕 치며 나난 죽어도
못 그겟쇼 부인이 딕로후야 부친 명영 거역후니 부의 졍을 쓴
을숀야 어셔 밧 드러가즈 후며 문을 왈칵 여니 양유 쌈작 놀니
여 친금[35]을 무름쓰고 가만이 안져 그동을 살펴보니 엇더흔
낭즈

의심하고 바람결에 나뭇잎만 어른대도 행여 귀신인가 염려할 제, 이팔청춘 어린아이 일천 간장 다 녹는다.

이슥하여 밖에서 은은히 곡성이 들리거늘 정신을 차려 보니

"아가, 아가. 들어가자."

"어머님, 어머님. 못 가겠소."

발을 동동 굴리면서

"밤이 이미 깊었으니 어서 바삐 들어가자."

가슴 탕탕 치며

"나는 죽어도 못 가겠소."

부인이 대로하여

"부친 명령 거역하니 아버지와 정을 끊을쏘냐? 어서 바삐 들어가자."

하며 문을 왈칵 여니 양유가 깜짝 놀라 침금을 무릅쓰고 가만히 앉아 거동을 살펴보니 어떤 낭자가

노기홍상을 입고 와연이 드러와 벽을 힝ᄒ여 도라안ᄌ 실피
체읍ᄒ거날 양유 정신이 아득ᄒ야 실노 꿈갓턴지라 구신이야
호랑이ᄀ 둔갑하여 나를 ᄌ바 먹의려 ᄒ야 아모리 할 쥴 몰나
잇쓰니 과연 그 낭ᄌ 이러나 극진이 ᄉ비ᄒ거날 양유 마지못ᄒ
야 이러나 읍ᄒ고 지비 계좌36)ᄒ고 안ᄌ더니 문득 광풍이 이러
나며 방문이 절노 열치더니 일봉셔관37)이 방 즁의 쩌러지거늘
양유 경신 즁의 그 봉셔을 쥬셔보니 ᄒ여시되 만산초목이 다
피연난디 양유와 미화안 봄쇼식을 아지 못ᄒᄂ쏘다 ᄒ여거늘
양유

녹의홍상을 입고 완연히 들어와 벽을 향하여 돌아앉아 슬피 울거늘 양유가 정신이 아득하여 실로 꿈 같은지라.

"귀신이냐? 호랑이가 둔갑하여 나를 잡아먹으려 하느냐?"

어찌할 줄 몰라 있었더니 과연 그 낭자가 일어나 극진히 사배하거늘 양유가 마지못하여 일어나 읍하고 재배하고 궤좌하고 앉았더니 문득 광풍이 일어나며 방문이 저절로 열리더니 일봉서간이 방중에 떨어지거늘 양유가 놀란 중에 그 봉서를 주워 보니 하였으되

"만산 초목이 다 피었는데 양유와 매화는 봄소식을 알지 못하는도다."

하였거늘 양유가

그 글일 보고 낭즈 그동을 살펴보니 연연한 그 틱도는 미갓것
만은 이러흔 산즁의 엇지 미화 잇스리요 흐고 묵묵키 안즈스니
미화 츄팔을 벗듯 드러 슈즈을 살펴보니 양유일시 분명흐다
미화 단슈호치[38] 반만 들고 셰옥셩을노 흐는 말리 미화는 이
산즁의 잇셔도 양유 업건만은 양유ㄹ 엇지 완나잇가 흐거늘
양유 디경디희흐야 즈셔이 살펴보니 미화가 분명흔지라 이거
셔 꿈이야 싱시야 네가 분명 미화야 미화 죽은 귀신이야 혼이
라도 반갑도다 여몽비몽이요 여신비신이라 명쳔이 감동흐야

그 글을 보고 낭자 거동을 살펴보니

'연연한 그 태도는 매화 같건마는 이러한 산중에 어찌 매화가 있으리오.'

하고 묵묵히 앉아 있으니 매화가 추파를 번듯 들어 수재를 살펴보니 양유임이 분명하다. 매화가 단순호치 반만 들고 가느다란 옥성(玉聲)으로 하는 말이

"매화는 이 산중에 있어도 양유는 없건마는 양유가 어찌 왔나이까?"

하거늘 양유가 대경대회하여 자세히 살펴보니 매화가 분명한지라.

"이것이 꿈인가 생시인가? 네가 분명 매화냐? 매화가 죽은 귀신이냐? 혼이라도 반갑도다. 꿈 같으나 꿈이 아니요, 귀신 같으나 귀신이 아니라. 명천이 감동하여

셔로 상봉ᄒ니 엇지 질겁지 안이ᄒ리요 ᄒ고 이제 죽어도 혼이
업실지라 미화는 흉즁이 막켜 아무 말도 못ᄒ고 눈물만 흘니다
ᄀ 제우 정신을 진정ᄒ야 왈 여보시요 양유라오니 날과 ᄒᆞᆷ긔
공부ᄒ던 도렴임이요 빅년희로ᄒᄌ더니 조물이 시기ᄒ고 귀신
이 작화하야 골슈의 병이 되엿더니 죽어ᄀ난 날 살이랴고 그디
완난잇가 ᄒ며 셔로 목을 안고 슈양산 버들초롬 광의 시러지듯
벽희슈³⁹⁾의 쌍용이 넘노는듯 틱산갓치 놉흔 말과 ᄒ희⁴⁰⁾갓치
집흔 정을 밤이 맛도록 셜화할 제 미화 ᄀ로디

서로 상봉하니 어찌 즐겁지 아니하리오?"

하고

"이제 죽어도 한이 없을지라."

매화는 가슴이 막히어 아무 말도 못하고 눈물만 흘리다가 겨우 정신을 진정하여 말하기를

"여보시요, 양유 오라버니, 나와 함께 공부하던 그 도련님이오? 백년해로하자더니 조물이 시기하고 귀신이 장난하여 골수의 병이 되었더니, 죽어 가는 나를 살리려고 그대가 왔나이까?" 하며 서로 목을 안고 수양산 버들처럼 광풍이 쓰러지듯 벽해수(碧海水)에 쌍룡이 넘노는 듯 태산 같이 높은 말과 하해같이 깊은 정을 밤이 이르도록 이야기할 제, 매화가 가로되

날 싱각 멋 번이나 ᄒ여나요 나는 그ᄃᆡ을 이별ᄒ고 이 산즁의
드려와 부모님을 만는 후의 쏘ᄒᆞᆫ 그ᄃᆡ을 만나스니 골슈의 집ᄒᆞᆫ
ᄒᆞᆫ을 이져은 풀이로다 ᄒᆞᆫᄃᆡ 양유 ᄃᆡ 왈 나도 쏘ᄒᆞᆫ 그ᄃᆡ을 이별
ᄒ고 가삼의 병이 되얏더니 천우신조화기 우년이 이고ᄃᆡ 와
셔로 상봉ᄒᆞ엿시니 니는 ᄒᆞᆫ날이 지시ᄒᆞᆫ 비요 산신임 덕이로다
ᄒ고 은은한 졍으로 밤을 지닉 시 그 사랑ᄒᆞ문 일구난서41)로다
날리 발의민 미화은 닉당의로 드러ᄀ고 양유는 홀노 안ᄌ더니
동ᄌ 드러와 흔연 소 왈 간밤의 범이 왓더요

"내 생각 몇 번이나 하였느뇨? 나는 그대와 이별하고 이 산중에 들어와 부모님을 만난 후에 또한 그대를 만났으니 골수에 깊은 한을 이제는 풀리로다."

한대, 양유가 대답하여 말하기를

"나도 또한 그대를 이별하고 가슴에 병이 되었더니 천우신조(天佑神助)로 우연히 이곳에 와 서로 상봉하였으니 이는 하늘이 지시한 바요, 산신님 덕이로다."

하고 은은한 정으로 밤을 지낼 새 그 사랑함은 일구난설이로다. 날이 밝으매 매화는 내당으로 들어가고 양유는 홀로 앉아 있었더니 동자가 들어와 흔연히 웃으며 말하기를

"간밤에 범이 왔더이까,

귀신이 왓더요 흔디 양유 소 왈 노기홍상 입은 귀신이 와 주고
니당의로 나간는이다 흔디 동주 왈 션성게옵셔 슈주을 쳥흐시
더니 나을 짜라 구산이다 흐거늘 양유 동주을 짜라 외당의 드
러구 쥬부을 뵈온디 쥬부 양유 손을 잡으시고 히싴이 만안흐시
고 왈 너는 니의 스회라 엇지 스랑치 안이흐리요 흐시며 우셔
왈 쏘흔 네을 싱각흐면 쏘흔 우숩도다 흐시고 니당의로 드러구
라 흐시거늘 양유 쏘흔 니당의 드러가 부인을 보온디 부인이
몬니 연연흐시고 왈 너히 일홈이 양유 미화라 흐니 엇

귀신이 왔더이까?"

　　한대 양유가 웃으며 말하기를

　　"녹의홍상 입은 귀신이 와서 자고 내당으로 나갔나이다."

　　한대 동자가 말하기를

　　"선생께옵서 수재를 청하오니 저를 따라가사이다."

하거늘 양유가 동자를 따라 외당으로 들어가 주부를 뵈오니

주부가 양유의 손을 잡으시고 희색이 만안하여 말하기를

　　"너는 나의 사위라. 어찌 사랑하지 아니하리오?"

하시며 웃어 말하기를

　　"또한 너를 생각하면 또한 우습도다."

하시고

　　"내당으로 들어가라."

하시거늘 양유 또한 내당에 들어가 부인을 뵈오니 부인이 못내

연연하시고 말하기를

　　"너희 이름이 양유와 매화라 하니 어찌

천졍[42]이 안이리요 쏘혼 홈기 공부하엿다 ᄒ더니 오날날 부부
되엿스니 엇지 ᄉ랑치 안이ᄒ리요 ᄒ시고 쥬쵼을 니여 디졉ᄒ
난지라 잇디 양유는 미화로 더부러 분벽ᄉᄎ 금침 속의 셔로
풍월도 지여 화답ᄒ며 젼의 일 싱각ᄒ면 엇지 길겁지 아니리요
그 질기는 거동은 원낭시 혼 쌍이 녹슈의 넘노는 듯ᄒ더라 양유
힌연 소 왈 낭ᄌ의 아롬다온 거동을 보니 월티화용 그 티도는
산즁 미화 세우을 먹음고 반만 피는 듯ᄒᄂ지라 ᄒ디 미화 소
왈 낭군의 활달혼 거동을 보니 영웅호귈 그 티도난 겨변[43] 양

천정이 아니리오? 또한 함께 공부하였다 하더니 오늘날 부부가 되었으니 어찌 사랑치 아니하리오?"

하시고 주찬을 내어 대접하는지라.

이때 양유는 매화와 더불어 분벽사창 금침 속에서 서로 풍월도 지어 화답하며 전의 일을 생각하니 어찌 즐겁지 아니하리오? 그 즐기는 거동은 원앙새 한 쌍이 녹수에 넘노는 듯하더라. 양유가 흔연히 웃으며 말하기를

"낭자의 아름다운 거동을 보니 월태화용(月態花容) 그 태도는 산중의 매화가 세우(細雨)를 머금고 반만 피는 듯하는지라."

한대, 매화가 웃으며 말하기를

"낭군의 활달한 거동을 보니 영웅호걸 그 태도는 시냇가 버들이

유가 광풍의 춤을 추는 듯훈지라 셔로 질기는 거동은 비홀 썩
업더라 잇써 병스은 양유을 호식호여 보너고 왈 픠슈을 다리고
곳곳시 뒤여본들 발셔 이빅 이 손의 인는 양유을 츠즈리요 쥬
야로 즈탄호다ㄱ 식음을 젼폐호고 죽기로 혼스 호는지라 잇써
쥬부 연안동 조 병스의 집을 츠져갈식 호스찰는혼지라 손호
동슬 밉시 잇게 꼿고 음양슈입44)의 갑스 갓쓴 넙게 지여 은귀
영즈45) 다라 씨고 학실풍안46) 딘모체을 눈 우다ㄱ 벗듯씨고
청의도포 뒤 탁미을 몸의 맛게 지여 입고 홍스쏘을 흉즁의다
밉씨 잇

광풍에 춤을 추는 듯한지라."

서로 즐기는 거동은 비할 데가 없더라.

이때 병사는 양유를 호식하여 보내고 말하기를

"포수를 데리고 곳곳에 뒤져본들 벌써 이백 리 산에 있는 양유를 어떻게 찾으리오?"

주야로 자탄하다가 식음을 전폐하고 죽기로 하는지라. 이때 주부가 연안동 조 병사의 집을 찾아 갈새 호화찬란한지라. 산호 동곳을 맵시 있게 꽂고 음양사립의 비단 갓끈 넓게 지어 은귀영자 달아 쓰고 학슬풍안 대모테를 눈 위에 번듯이 쓰고 청의도포 몸에 맞게 지어 입고 홍색 띠를 흉중에다 맵시 있게

게 미진 후의 쥰변ㅈ47) 신신을 쏙쏙이 끄시면셔 갈 쩌ㅈ 거름의로 이리 흔들 저리 흔들 져후의 ㄱ로디 나는 장단골 연화동의 ㅅ는 짐 쥬부부언이 딸ㅈ식을 일코 팔도강순을 츳ㅈ단이더니 듯ㅅ오니 남복을 입고 귀딕 공ㅈ와 공부흔다 흐니 그 은혜 빅골난망이로이다 흔디 병ㅅ 디경질싁흐여 가로디 과연 공부흐다가 녀ㅈ라 흐기로 니당의 두고 ㅈ식과 혼ㅅ홀 뜻시 잇삽기로 연화동을 츳ㅈ가 근본을 아라보니 천인의 ㅈ식이라 흐기로 직시 니여 보니는이다 흐거놀 쥬부 디로흐야 나는 누

맨 후에 줄변자 신을 짝짝이 끄시면서 갈 지(之) 자 걸음으로 이리 흔들 저리 흔들 저어 가로되

"나는 장단골 연화동에 사는 김 주부로, 딸자식을 잃고 팔도 강산을 찾아다니더니, 듣자오니 남복을 입고 귀댁 공자와 공부한다 하니 그 은혜 백골난망이로소이다."

한대, 병사가 대경실색하여 가로되

"과연 공부하다가 여자라 하기로 내당에 두고, 자식과 혼사할 뜻이 있기로 연화동을 찾아가 근본을 알아보니 천인의 자식이라 하기로 즉시 내어보냈나이다."

하거늘 주부 대로하여

"나는

디거족이라 엇지 남을 천인이라 ᄒ나요 마약 니의 여식을 ᄎᄌ 쥬지 안이ᄒ면 조정의 공논ᄒ고 병ᄉ의 셩명을 보존치 못ᄒᆯ 거시니 급피 ᄎᄌ오라 ᄒᆫ디 병ᄉ 이결 왈 나도 ᄌ식을 호식ᄒ 여 보니고 쥬야로 셔러ᄒ거이와 만일 이러ᄒᆫ 쥴 아라시면 엇지 혼ᄉ을 아이ᄒ고 보니시리요 ᄒ며 무수이 시러ᄒ거늘 쥬부 왈 미화ᄂᆫ 병ᄉ의 ᄌ부 될 거시니 아무조록 ᄎᄌ보소서 ᄒᆫ디 병ᄉ ᄌ탄 왈 나ᄂᆫ ᄌ식 업ᄂᆫ ᄉ이라 엇지 ᄌ부을 어더리요 ᄒᆫ디 쥬부 왈 구월산을 ᄎᄌ 오쇼서 정셩이 지극ᄒ면 양유을 만나보 리다 ᄒ고 이나 두

누대거족이라. 어찌 남을 천인이라 하느뇨? 만약 내 여식을 찾아 주지 아니하면 조정에 공론하고 병사의 성명을 보존치 못할 것이니 급히 찾아오라."

한대, 병사가 애걸하여 말하기를

"나도 자식을 호식하여 보내고 주야로 슬퍼하거니와 만약 이러한 줄 알았으면 어찌 혼사를 아니 하고 보냈으리오?"

하며 무수히 슬퍼하거늘 주부가 말하기를

"매화는 병사의 자부(子婦)가 될 것이니 아무쪼록 찾아보소서."

한대, 병사가 자탄하여 말하기를

"나는 자식이 없는 사람이라. 어찌 자부를 얻으리오?"

한대, 주부가 말하기를

"구월산을 찾아오소서. 정성이 지극하면 양유를 만나보리다."

하고 일어나 두어

어 거름의 간디 업거눌 병亽 실노 고이ᄒᆞ여 亽방을 두로 살펴
보니 종젹이 망염ᄒᆞ지라 이거시 꿈이야 싱시야 병亽 양유을
ᄎᆞ즈보려 ᄒᆞ고 쥭장을 집 구월산을 ᄎᆞ즈갈 시 심슨심곡을 ᄎᆞ즈
드러ᄀᆞ니 만악천봉은 첩첩이 둘넌눈디 폭폭은 요요ᄒᆞ고 빅은
운시쳐라 어디로 ᄀᆞ리요 갈 발 아지 못ᄒᆞ야 진퇴양눈이라 병亽
셕상의 안ᄌᆞ ᄌᆞ탄 왈 양유야 亽라눈야 죽어눈야 너을 곳 볼진
디 빅발 일신 니의 몸이 이 산즁의셔 쥬러 죽의지라 ᄒᆞ고 무슈
이 시러홀 제 잇쩌 쥬부 귀문일 보다ᄀᆞ 쌈짝 놀니여 동ᄌᆞ을
급피 불너 왈

걸음에 간 데 없거늘 병사가 실로 괴이하여 사방을 두루 살펴
보니 종적이 망연한지라. 이것이 꿈인지 생시인지 병사가 양유
를 찾아보려고 죽장(竹杖)을 짚고 구월산을 찾아갈 새, 심산심
곡을 찾아 들어가니 만학천봉은 첩첩이 둘렀는데 폭포는 요요
하고 백운심처라 어디로 가리오? 갈 바를 알지 못하여 진퇴양
난(進退兩難)이라. 병사가 석상(石上)에 앉아 자탄하여 말하
기를

  "양유야, 살았느냐 죽었느냐? 너를 곧 볼진대 백발 일신 나의
몸이 이 산중에서 주려 죽겠구나."
하고 무수히 슬퍼할 제, 이때 주부가 귀문을 보다가 깜짝 놀라
동자를 급히 불러 말하기를

오날 조 병亽가 츳亽 오난가 십푸니 너 급피 산 밧글 나亽 모셔
오라 ᄒ고 급피 불을 써셔 동亽을 쥬며 왈 이것슬 가지고 산
밧기 ᄀ면 바우의 잇실거시니 병亽을 구ᄒ라 ᄒ시거늘 동亽
나가 그 부럴 부치더니 바우가 큰 말이 되ᄂ지라 말을 잇글고
ᄀ 병亽을 보고 읍ᄒ고 오르기을 쳥ᄒ디 병亽 실노 꿈 갓터지
라 말게 올의니 훈번 치을 드러 히룽ᄒ미 만쳡쳥손 졀벽의로
빅운을 허치ᄂ 듯ᄒᄂ지라 동亽 초당의로 인도ᄒ거늘 병亽 방
의로 드러ᄀ니 쥬인 업ᄂ지라 좌우을 살펴보니 분벽亽창의 평
풍을 듈넌ᄂ디 화문셕 호담요의 호피

"오늘 조 병사가 찾아오는가 싶으니 너는 급히 산 밖으로 나가 모셔 오라."

하고 급히 부적을 써서 동자에게 주며 말하기를

"이것을 가지고 산 밖에 가면 바위에 있을 것이니 병사를 구하라."

하시거늘 동자가 나가 그 부적을 붙이니 바위가 큰 말이 되는지라. 말을 이끌고 가서 병사를 보고 읍하고 오르기를 청한대, 병사가 실로 꿈 같은지라. 말에 오르니 한 번 채를 들어 놀리매 만첩청산 절벽으로 백운을 헤치는 듯하는지라. 동자가 초당으로 인도하거늘 병사가 방으로 들어가니 주인이 없는지라. 좌우를 살펴보니 분벽사창에 병풍이 둘렀는데 화문석 호랑이 담요에 호피

도듬이 칭칭이 노여 잇고 유리 벽장의 어다지며 왓작문48)을
시겨 잇고 산호 쾨상 압다지의 만권 서적 노이여 잇고 디모
디연 쎄다지여 청셕 베유 빅옥 연적은 노라 잇고 문호 필용
슈삼간의 홍황묘49) 무심필50)과 관지51) 쥬지52) 쏘즈 잇고 침침
노침 원낭침 잣비기을 여긔 져긔 노아 잇고 은 셔압의 히즈
슈복의 빅통디윌 여긔 져긔 노아 잇고 쏘 흔편을 바라보니 모
션53)이며 마션54)이며 궁초55) 시기 세피56) 휘양57) 쥬홍당스 긘
을 다라 평풍의 거러 놋고 쏘흔 편을 바라보니 왼갓 채약 노안
디 불노초 불스약과 죽난 스람 환싱초와 쳐역흐난 장군초며
용누

돋움이 층층이 놓여 있고 유리 벽장의 서랍에는 완자문이 새겨져 있고 산호 책상 앞 서랍에는 만권 서적 놓여 있고 대모 대연 서랍에는 청석 벼루 백옥 연적이 놓여 있고 문호 필통 수삼 간에는 호황모(胡黃毛) 무심필(無心筆)과 관지 주지 꽂혀 있고 칠(漆) 퇴침 원앙침과 잣베개가 여기 저기 놓여 있고 은 서랍에 희(喜) 자 새긴 수복 백통대는 여기 저기 놓여 있고 또 한편을 바라보니 모선이며 망건이며 궁초 댕기 서대 휘양 주홍 당사 끈을 달아 병풍에 걸어놓고 또 한편을 바라보니 온갖 채약 놓았는데 불로초(不老草) 불사약과 죽는 사람 환생초와 차력(借力)하는 장군초며 용뇌,

스양 이삼 노용을 가지가지 노아 잇고 셔칙을 바라보니 주역
팔찌 서문이며 시젼 셔젼 즁용 디학 논어 밍ᄌ 천문도 지지편
과 기문 병서 육도삼약58)을 칭칭이 노안디 ᄯ 혼 편을 바라보
니 바독판 장기판과 싱황 양금 거문고와 옥졔 혼 쌍 희금 통소
장구을 벽상의 거러 노코 ᄯ 혼편을 바라보니 상 쳡 장검 거러
눈디 빅은 쳘퇴 장창이며 장근 디일 총과 쳘궁 각궁 목궁이며
위편살 편졀살과 화약초을 여기저기 노앗눈디 구경 다혼 후의
실품을 먹음고 안ᄌ더니 문득 옥져 소릭ᄂ걸낭 ᄌ셔이 살펴보
니 쥬부가 학을

사향, 인삼, 녹용, 가지가지 놓여 있고 서책을 바라보니 주역, 팔괘, 서문이며 시전, 서전, 중용, 대학, 논어, 맹자, 천문도, 지리편과 기문, 병서, 육도삼략을 층층이 놓았는데 또 한편을 바라보니 바둑판, 장기판과 생황 양금, 거문고와 옥저 한 쌍, 해금, 퉁소, 장구를 벽상에 걸어 놓고 또 한편을 바라보니 삼 척 장검이 걸렸는데 백은 철퇴, 장창이며 장군 일대 총과 철궁, 각궁, 목궁이며 외전살, 연진살과 화약초를 여기 저기 놓았는데 구경 다한 후에 슬픔을 머금고 앉았더니 문득 옥저 소리가 나거늘 자세히 살펴보니 주부가 학을

타고 ᄌ슈의다 빅우션59)을 들고 ᄂ려와 병ᄉ의 손을 잡고 흐년

소 왈 그간 기체 엇더ᄒ오며 그구화 산노 려타시 근고ᄒ시니60)

도로여 미안ᄒ여이다 혼디 병ᄉ 디경디히ᄒ여 왈 존공은 어디

게신 쥴을 아지 못ᄒ야더니 이고디 와 만날 쥴 엇지 아라스리요

ᄒ고 일히일비ᄒ여 ᄀ로디 ᄂ ᄌ식 양유ᄂ ᄉ람을 아지 못ᄒ니

만나보게 ᄒ소셔 ᄒ며 인결ᄒ거늘 쥬부 디왈 슈월 전의 동ᄌ

남안의 ᄀ 치약ᄒ려 ᄀ삽다ᄀ 혼 범이 아히을 업고 온다 ᄒ기로

급피 ᄂ다라 구완ᄒ여 거긔셩명을 무르니 연안 션인동의

타고 왼손에다 백우선을 들고 내려와 병사의 손을 잡고 흔연히 웃으며 말하기를

"그간 기체 어떠하오며 기구한 산중의 일로 이렇듯이 근고(勤苦)하시니 도리어 미안하여이다."

한대, 병사가 대경대희하여 말하기를

"존공께서 어디 계시는 줄 알지 못하였더니, 이곳에 와서 만날 줄 어찌 알았으리오?"

하고 일희일비하여 가로되

"내 자식 양유가 살아 있는지 알지 못하니 만나 보게 하소서."

하며 애걸하거늘 주부가 대답하여 말하기를

"수개월 전에 동자가 남쪽에 채약하러 갔다가 범 한 마리가 아이를 업고 온다 하기로 급히 내달아 구완하여 거주성명을 물으니 연안 선인동에

ᄉᄂ 조 병ᄉ의 아달이라 ᄒ거늘 쏘ᄒᆫ 인물이 비범ᄒ기로 다려
다가 닉의 여식 미화 더부러 티ᄉᆞᆯ 지너옵고 닉당의 거처ᄒᆞ야
양인이 공부ᄒᆞ난이다 ᄒᆞ딕 병ᄉ 이 말을 듯고 딕경 왈 미화난
엇지 이곳슬 ᄎᆞᄌ 완난잇ᄀ 쏘ᄒᆫ 호식ᄒᆞ여 죽은 ᄌᆞ식을 살여
쥬시니 그 은혜난 빅골난망이라 엇지 다 갑사오리ᄀ 쏘ᄒᆫ 미화
의 쪽이 되야스니 이ᄂᆞᆫ ᄒᆞᆫ날이 지시ᄒᆞᆫ 바라 엇지 길겁지 ᄋᆞ이
하리요 ᄒᆞ고 보기을 청ᄒᆞᆫ딕 쥬을 불너 병ᄉ을 모시고 초당을
가라 ᄒᆞ신딕 동ᄌ 병ᄉ을 모시고 즁문의 ᄃ두르니 방안의셔
청용 황용이 오식 구름의 싸이여셔 굽벌치

사는 조 병사의 아들이라 하거늘 또한 인물이 비범하기로 데려다가 내 여식 매화와 더불어 대사를 지내옵고 내당에 거처하여 그 둘이 공부하나이다."

한대, 병사가 이 말을 듣고 크게 놀라 말하기를

"매화는 어찌 이곳을 찾아왔나이까? 또한 호식하여 죽은 자식을 살려 주시니 그 은혜는 백골난망이라. 어찌 다 갚으오리까? 또한 매화의 짝이 되었으니 이는 하늘이 지시한 바라. 어찌 즐겁지 아니하리오?"

하고 보기를 청한대 주부가 동자를 불러

"병사를 모시고 초당(草堂)을 가라."

하신대, 동자가 병사를 모시고 중문에 다다르니 방안에서 청룡과 황룡이 오색구름에 쌓여서 굽이치거늘

거늘 병亽 그 거동 보고 놀니여 외당의 나와 쥬부을 디흐여
왈 양유 미화ᄂᆞᆫ 업고 청용 황용이 잇삽기로 놀니여 나왓난이다
흔디 쥬부 빅시셩을 드러 히롱흐며 왈 쏘다시 ㄱ 보소서 흐거
늘 병ᄌᆞ 동ᄌᆞ을 싸라 즁게(61)의 올ᄂᆞ 방문을 널고 보니 청용은
간디 업고 천금 디호가 ᄌᆞ우로 안ᄌᆞ거늘 병亽 디경흐야 다시
외당의로 나와 이결 왈 존공은 나을 위흐야 ᄌᆞ식을 만나보게
흐옵소서 흔디 동ᄌᆞ 우서 왈 심이 우습도다 양유 미화 그 방즁
의 잇건만은 흔갓 두려온 건만 싱각흐시고 방을 드러ㄱ시지
안이흐시니 엇지 만나보오듸요 흐거늘 쥬부 히식이 만안흐여

병사가 그 거동을 보고 놀라 외당으로 나와 주부를 대하여 말하기를

"양유와 매화는 없고 청룡과 황룡이 있기로 놀라서 나왔나이다."

하니 주부가 백우선을 들어 놀리며 말하기를

"또다시 가 보소서."

하거늘 병사가 동자를 따라 중계에 올라 방문을 열고 보니 청룡은 간데없고 천금 대호가 좌우로 앉아 있거늘 병사가 대경하여 다시 외당으로 나와 애걸하며 말하기를

"존공은 나를 위하여 자식을 만나 보게 하옵소서."

한대, 동자가 웃어 말하기를

"심히 우습도다. 양유와 매화는 그 방중에 있건마는 한갓 두려운 것만 생각하시고 방에 들어가시지 아니하시니 어찌 만나 보리오?"

하거늘, 주부가 희색이 만안하여

병스의 손을 잇글고 즁문의 다다르니 방의 잇던 범은 간 디
업 원앙시 혼 쌍이 서칙을 압혜다ㄱ 놋코 안저거늘 쥬부 양유
을 불은디 원낭시 간 디 업고 이팔쳥츈 고흔 양유 선어갓튼
미화 다리고 글보다가 디경디히 ㅎ야 부친전의 지비 통곡 왈
소자은 양유로소이다 불회즈을 싱각하시고 유유혼 간장을 상
케 ㅎ시니 불효막디혼 죄을 엇지 면ㅎ오리ㄱ ㅎ며 무이스죄
ㅎ되 병스은 아모로다ㄱ 제우 인스 츠려 양유의 손을 잡고 ㅎ
눈 말이 이옥염갓치 녀기더이 호식ㅎ여 보닌 후의 가삼의다
철못슬 박아더니 니제은 죽어도 눈을 감고 죽을지라 니 스

병사의 손을 이끌고 중문에 다다르니 방에 있던 범은 간데없고 원앙새 한 쌍이 서책을 앞에 놓고 앉았거늘, 주부가 양유를 부른대 원앙새 간데없고 이팔청춘 고운 양유 선녀 같은 매화 데리고 글 보다가 대경대희하여 부친 전에 재배하며 통곡하여 말하기를

"소자는 양유로소이다. 불효자를 생각하시고 유유한 간장을 상케 하시니 불효막대한 죄를 어찌 면하오리까?"

하며 무수히 사죄하되 병사는 아무리 할 줄 모르다가 겨우 정신을 차려 양유의 손을 잡고 하는 말이

"너를 옥같이 여기더니 호식하여 보낸 후에 가슴에다 철 못을 박은 것처럼 살았는데, 이제는 죽어도 눈을 감고 죽을지라. 내가 살아

라 너을 보고 쏘흔 미화의 쪽이 되여시니 무삼 흔이 잇스리요 흐며 여광여취 흐눈지라 잇써 미화는 닌당 드러ㄱ 칠보단장 일정이 흐고 나올 제 빈면 홍안 조흔 얼골 분셰슈62) 정이 흐고 감퇴63) 갓튼 치머리64)을 힌갓치 낭ㅈ65)흐고 광치 조흔 금봉 치66)은 밉시 잇게 쩔은 후의 빅옥갓튼 두 귀 밋턴 월게 탕을 거러잇고 손에 쩐 옥지환은 날 히롱흐고 영초단67) 저구리 상ㅅ 단68) 옷고름의 왼갓 치물 다라 입고 잉무 갓튼 가는 허리을 이리저리 곱촐 적의 설명쥬 누비바지 무무딘단69) 우치미의 홍 딘단70)으로 안을 밧처 흉단71)의다 거며온고 빈등버션72) 두 발

너를 보고 또한 네가 매화의 짝이 되었으니 무슨 한이 있으리오?'
하며 여광여취하는지라.

이때 매화는 내당에 들어가 칠보단장 단정하게 하고 나올
제, 백면 홍안 좋은 얼굴 분세수 깨끗이 하고 감태 같은 긴 머
리를 해같이 낭자하고 광채 좋은 금봉채는 맵시 있게 찌른 후
에 백옥 같은 두 귀 밑에 월계 귀고리를 걸고 손에 낀 옥지환은
날 놀리고 영초단 저고리 상사단 옷고름에 온갖 패물 달아 입
고 앵무 같은 가는 허리를 이리저리 감출 적에 설명주 누비바
지 유문대단 겉치마에 홍대단으로 안을 받쳐 홍당에다 거머안
고, 백릉버선 두 발

두 발 길노 앙금앙금 나오난 거동은 무삼 선녀 구름 타고 양디
상의 날이는 듯 즁전의 올나와 병스 전의 지비 왈 부친은 기간
기후 일힝 흐옵시며 그구흔 산노의 근고흐옵시니 니는 다 소부
의 허물일노다 흐고 염실단좌 흐고 안는 거동은 츄월이 후운
속의서 나오는 듯흔지라 병스 더옥 디히흐여 왈 니 집의 와서
공부흐던 낭즈야 일히일비로다 그쩌 이별흐고 이져 와 만느니
도로여 무안흐노라 흐시고 무슈히 스랑흐는지라 쥬부은 양유
을 상관시게 의복 フ라 입피고 북힝스비 후의 쏘흔 부친 전의
지비흐고 쥬부을 뵈온디 그 천연흔 거동은 비홀 디 업더라 쥬
부 병스을 디흐야 フ로

두 발 길로 앙금앙금 나오는 거동은 무슨 선녀 구름 타고 양대 위에 내리는 듯 중전에 올라와 병사 앞에 재배하며 말하기를

"부친께서는 그간 기후 안녕하오시며, 기구한 산중에 근고하시오니 이는 다 소부(少婦)의 허물이로다."

하고 염슬단좌(斂膝端坐)하고 앉는 거동은 추월(秋月)이 흑운(黑雲) 속에서 나오는 듯한지라. 병사가 더욱 대회하여 말하기를

"내 집에 와서 공부하던 낭자냐? 일희일비로다. 그때 이별하고 이제 와 만나니 도리어 무안하노라."

하시고 무수히 사랑하는지라.

주부는 양유에게 성관(成冠)시켜 의복 갈아입히고, 북향사배(北向四拜) 후에 또한 부친 전에 재배하고 주부를 뵈온대 그 천연한 거동은 비할 데 없더라.

주부가 병사를 대하여 가로되

디 나온 연광 사십의 ᄌ식 업고 다만 무남동여을 두어서나 니
천문을 아난고로 양유와 부부 될 쥴을 짐작ᄒ고 남복을 입펴
귀뎍의로 보니ᄂ 천정을 어길ᄀ ᄒ여 보니더니 니의 여식이
고싱할 신슈라 글노 혐으할 이은 아니라 ᄒ고 양유의 상을 보
니 게상지화ᄀ 그 얼골에 낫타나미 더옥 사랑ᄒ야 쪽을 정ᄒ여
시나 니의 ᄌ화 아이면 저의 비필 되오릿ᄀ ᄒ디 병ᄉ 스레
왈 존공은 니두 길흉을 아으시고 이러초롬 ᄒ시니 그 조화 귀
신도 칭양치 못할지라 ᄒ고 외당의 나와 경물을 귀경ᄒ니 쥬부
빅획션을 ᄒ번 히롱ᄒ니 좌편 청슨이요 우편은 녹슈로다 기화
요초73) 만

"나이 사십에 자식이 없고 다만 무남독녀를 두었으나 내가 천문을 아는 고로, 양유와 부부가 될 줄을 짐작하고 남복을 입혀 귀댁으로 보냈나니. 천정을 어길까 하여 보냈더니, 보니 내 여식이 고생할 신수라. 그것으로 허물할 일은 아니라."

하고

"양유의 상을 보니 계상지화가 그 얼굴에 나타나매 더욱 사랑하여 짝을 정하였으나 나의 조화가 아니면 저의 배필이 되오리까?"

한대, 병사가 사례하여 말하기를

"존공은 내두(來頭) 길흉을 아시고 이렇게 하시니 그 조화는 귀신도 측량치 못할지라."

하고 외당에 나와 경물을 구경하니 주부가 백우선을 한번 놀리니 좌편은 청산이요 우편은 녹수로다. 기화요초

발호디 왼갓 시은 실피 울고 이무 공작 날나든다 영순 홍노[74]
봄바람의 봉황접은 쌍쌍 왕니ᄒ고 연즈[75]난 편편 날나들고 긱
사 청청 양유 ᄀ지에 안즈 우난 쇠꼬리요 빅빅홍홍 명화관의
두견시은 실푸도다 청송녹쥭 푸린 ᄀ지 빅학어 안저 지저구리
고 벽오동 근을 속에 봉학 안져 우러잇다 쏘 흔편을 바라보니
청강 녹슈 말근 물에 원낭은 쌍쌍이 로라 잇고 일엽선이 왕니
할 제 빅구난 펄펄 날ᄂ든 연ᄒ[76]은 망발ᄒ연난디 툼벙툼벙
오리로다 도화유슈 써러질 제 풀풀 쒸는 금 잉어요 어영싱의
금 즈리는 굼실굼실 노라잇고 심이 장강 빅ㅅ장의 희오리는
잠을 즈고 얼모 장강 저문 날에 실피

만발한데 온갖 새는 슬피 울고 앵무 공작 날아든다. 영산 홍녹 봄바람에 탐화봉접은 쌍쌍이 왕래하고 제비는 편편 날아들고 객사 청청 버들가지에 앉아 우는 꾀꼬리요, 백백홍홍 명화관에 두견새는 슬프도다. 청송녹죽(靑松綠竹) 푸른 가지 백학이 앉아 지저귀고 벽오동 그늘 속에 봉학(鳳鶴)이 앉아 울고 있다.

또 한편을 바라보니 청강 녹수 맑은 물에 원앙은 쌍쌍이 놀고 있고, 일엽(一葉) 선(船) 왕래할 제, 백구는 펄펄 날아든다. 연화는 만발하였는데 툼벙툼벙 오리로다. 도화유수 떨어질 제 풀풀 뛰는 금 잉어요, 어영생에 금 자라는 굼실굼실 놀고 있고 십이 장강 백사장에 해오리는 잠을 자고 해질녘 장강 저문 날에 슬피

우난 잔나부요 불징청운[77] 기럭이는 옹옹 선도 요란ᄒ다 ᄯ
ᄒ 편을 바라보니 산과[78] 목실[79] 여러는디 외도 열고 슈박도
열고 옥창 잉두도 불겻는디 방방곡곡이 농ᄉ로다 밧 가는 농부
더은 일어절어 소를 몰고 모심기고 지심밀 제 상ᄉ소리 놉파구
나 쥬 ᄯ ᄒ변 빅우선을 히롱ᄒ디 꼿ᄀ지ᄀ 요동ᄒ더니 엇더ᄒ
일 미인어 완연이 ᄂ와 금징반을 손의 들고 산과 목실 쑥쑥
ᄯ사서 옥반의 괴여 노코 디모 장도 드는 칼노 슈박 참외 실실
ᄭ거 노코 정셩으로 두 손을 밧들러 병ᄉ 압헤 놋코 유리병을
지우러 잉모잔의 슐을 부어 온 손의로 넌짓 들고 쥬부 젼의
드린 후의 ᄯ ᄒ 잔을 가득 부어 병사 젼의 드리

우는 원숭이요, 불승청원 기러기는 옹옹 성(聲)도 요란하다.

또 한 편을 바라보니 산과(山果) 목실(木實) 열렸는데 외도 열고 수박도 열고 옥창 앵두도 붉었는데 방방곡곡이 농사로다. 밭 가는 농부들은 이러저러 소를 몰고 모심기고 김맬 제, 상사 소리 높았구나.

주부가 또 한 번 백우선을 놀린대 꽃가지가 요동하더니 어떠 한 미인이 완연히 나와 금 쟁반을 손에 들고 산과 목실을 뚝뚝 따서 옥반에 괴어 놓고 대모 장도 드는 칼로 수박 참외 슬슬 깎아 놓고 정성으로 두 손을 받들어 병사 앞에 놓고 유리병을 기울여 앵무 잔에 술을 부어 고운 손으로 넌짓 들고 주부 전에 드린 후에 또 한 잔을 가득 부어 병사 전에 드리거늘

거늘 병수 실노 고히ᄒ여 그 미인을 살펴보니 영영[80]한 그 티
도는 세상 인물 안일네라 그 슐을 먹의니 힝기 만복ᄒ야 취토
록 먹은 후에 미인이 슐상을 들고 화단의로 드러ᄀᄂ지라 ᄯᅩᄒᆞᆫ
빅우선을 요동ᄒ니 옥동ᄌᆞᄀ 나오더니 천은설함[81]을 니여노
코 빅통더에 담비 붓쳐 병수 젼의 드린 후의 ᄯᅩ ᄒ 디을 가득
너허 쥬부 젼의 드리거늘 병수 실노 고히ᄒ여 동ᄌᆞ을 부들고ᄌᆞ
ᄒ니 동ᄌᆞ가 놀너여 옥병의로 드러ᄀ거늘 병수 문 왈 악가 그
인은 엇더ᄒ 여ᄌᆞ며 그 아히ᄂ 엇더ᄒ 동ᄌᆞ잇ᄀ 쥬부 디 왈
그ᄂ 다 니의 침소으 잇ᄂ 소비로소이다 ᄒ고 바독의 낙을 붓
쳐 세월을 보니더니 일일은 병수 집으로 도라

병사 실로 괴이하여 그 미인을 살펴보니 영영한 그 태도는 세상 인물 아닐러라. 그 술을 먹으니 향기 만복(滿腹)하여 취토록 먹은 후에 미인이 술상을 들고 화단으로 들어가는지라.

또한 백우선을 요동하니 옥동자가 나오더니 천은설합을 내어 놓고 백통대에 담배 붙여 병사 전에 드린 후에 또 한 대를 가득 넣어 주부 전에 드리거늘 병사가 실로 괴이하여 동자를 붙들고자 하니 동자가 놀라 옥병으로 들어가거늘 병사가 묻기를

"아까 그 여인은 어떠한 여자며 그 아이는 어떠한 동자니까?"

주부가 대답하여 말하기를

"그들은 모두 다 나의 침소에 있는 종이로소이다."

하고 바둑을 낙을 삼아 세월을 보내더니 하루는 병사가 집으로 돌아

ᄀ긔을 청ᄒ여 왈 우연이 이고디 와 ᄌ식을 만나보옵고 써는
제 오리오니 오날은 집으로 도라ᄀ건난이다 쥬부 디경ᄒ여 닥
천긔을 보니 슈일 지니여 날니ᄀ ᄂᄂ 듯ᄒ니 어디로 ᄀ리요
금년연운 임진년이라 국운이 불힝ᄒ야 일본이 강성ᄒ여 슈만
병마을 거나리고 조션 팔도을 거나리고 점점 날 거시니 엇지
슬기을 바러리요 ᄒ고 이날 밤의 무서운 글귀을 옹위ᄒ더니
박으로서 병역 소리 진동ᄒ며 산천이 문어지는 듯ᄒ거늘 병스
놀니여 그 거동을 살펴보니 열두 신장이 황금 투고의 영심강[82)
을 입고 삼쳑 장금을 놉피 들고 게하의 복지ᄒ여거늘 슈부 호령

가기를 청하여 말하기를

"우연히 이곳에 와 자식을 만나보옵고 떠난 지 오래오니 오늘은 집으로 돌아가겠나이다."

주부가 대경하여 말하기를

"천기를 보니 수일 지나고 난리가 날 듯하니 어디로 가리오? 금년은 임진년이라. 국운이 불행하여 일본이 강성하여 수만 병마를 거느리고 조선 팔도를 거느리고 점점 날 것이니 어찌 살기를 바라리오?"

하고 이날 밤에 무서운 글귀를 옹위하더니 밖으로부터 벽력 소리 진동하며 산천이 무너지는 듯하거늘 병사 놀라서 그 거동을 살펴보니 열두 신장(神將)이 황금 투구에 엄심갑을 입고 삼 척 장금을 높이 들고 계하(階下)에 복지(伏地)하였거늘 주부가 호령하며

ᄒ며 ᄀ로디 이고디 팔년 간과[83]을 지닐거시니 너히 등이 각각
군ᄉ을 거ᄂ리고 이 산중의 잇다가 왜병 쳔드러 오거던 멀이
좃치라 ᄒ신디 신장이 영을 듯고 다 물너 ᄀᄂ지라 병ᄉ 크게
놀니여 왈 그 장슈는 엇진 즁슈잇ᄀ 쥬부 디 왈 그ᄂ 다 니가
부일은 신장이요 이 집도 신장의 조화로소이다 ᄒ고 지니더니
일일은 쥬부가 병ᄉ을 모시고 놉푼 산의 올나ᄀ ᄉ방을 살펴보
니 과연 왜병이 곳곳시 이러나 장난ᄒ미 ᄉ람의 죽엄이 무덤
갓고 피 흘너 셩쳔ᄒᄋ지라 병ᄉ ᄌ탄 왈 이제는 ᄒ릴업다 니의
권ᄉᆞᆯ은 다 죽어도다 ᄒ고 무슈히 시러ᄒ거눌 쥬부 위로 왈

가로되

"이곳에서 팔년 전쟁을 지낼 것이니 너희 등이 각각 군사를 거느리고 이 산중에 있다가 왜병이 쳐들어오거든 멀리 좇으라."

하시니 신장이 명령을 듣고 다 물러가는지라. 병사가 크게 놀라 말하기를

"그 장수는 어떤 장수입니까?"

주부가 대답하여 말하기를

"그는 다 내가 부리는 신장이요, 이 집도 신장의 조화로소이다."

하고 지내더니 하루는 주부가 병사를 모시고 높은 산에 올라가 사방을 살펴보니 과연 왜병이 곳곳에서 일어나 장난하매, 사람의 주검이 무덤 같고 피가 흘러 성천(成川)한지라.

병사가 자탄하여 말하기를

"이제는 하릴없다. 나의 권솔은 다 죽었도다."

하고 무수히 슬퍼하거늘 주부가 위로하여 말하기를

이 역시 운슈을 훈훈들 무엇 ᄒ리요 ᄒ고 남편 동구 박글 바라
보니 기발이 펄능펄능ᄒ면 돌 소러 분분ᄒ거놀 ᄌ셔이 술펴보
니 과연 왜병이 짓처드러온지라 쥬부 분홉을 익이지 못ᄒ야
몸을 바람갓치 쑈츳가 왜병을 디ᄒ야 간는 질을 막ᄌ르고 크게
쑤지저 그오디 너의 아무리 무도훈 놈인들 천지을 모로고 우리
조선을 침범ᄒ야 시절을 요란케 ᄒ는요 신명84)을 악기건든 급
피 퇴병ᄒ여 너의 집으로 도라가라 ᄒ고 소미을 드러 히롱ᄒ미
문음 즁이 디작ᄒ며 산악이 문어지는 듯ᄒ고 남그 부러지며
사석

"이 역시 운수를 한한들 무엇 하리오?"

하고 남쪽 동구 밖을 바라보니 깃발이 펄렁펄렁하면서 돌 소리 분분하거늘 자세히 살펴보니 과연 왜병이 짓쳐들어온지라. 주부가 분함을 이기지 못하여 몸을 바람같이 쫓아가 왜병을 대하여 가는 길을 잘라 막고 크게 꾸짖어 가로되

"너희가 아무리 무도한 놈인들 천지를 모르고 우리 조선을 침범하여 시절을 요란케 하느뇨? 신명을 아끼거든 급히 퇴병하여 너희 집으로 돌아가라."

하고 소매를 들어 놀리매 문득 풍운이 대작하며 산악이 무너지는 듯하고 나무 부러지며 사석이

이 나라 억만 군졸이 눈을 쓰지 못ᄒ고 디장기난 와직근 부러
져서 반공의 써서 펄펄 현날이고 상봉디장은 역을 일코 말게
써러저서 말을 붓들고 고함을 질너 이거시 무삼 일고 천지ᄀ
이러훈가 이 산중으 영웅 잇셔이 한ᄀ ᄒ며 아무리 할 쥴 모로
더니 후군장이 쏘훈 디경ᄒ며 말머리을 두르며 오난 길노 바람
부난디로 빙빙 도라ᄀ며 앙천 통곡 ᄒ난지라 쥬부 왜병을 물이
치고 집으로 도라와 병스 디여 왈 이번 날이는 나을 막기면
불ᄀ 삼 식만이면 왕병을 처멸ᄒ고 천ᄒ을 평정할 거신디 조정
이 소인의 조이라 니을 듯지 아이할 거시요

날아 억만 군졸이 눈을 뜨지 못하고 대장기는 와지끈 부러져서 반공에 떠서 펄펄 흩날리고 선봉대장은 힘을 잃고 말에서 떨어져서 말을 붙들고 고함을 질러

"이것이 무슨 일인고? 천지가 이러한가? 이 산중에 영웅 있어 이러한가?"

하며 어떻게 할 줄 모르더니 후군장이 또한 대경하며 말머리를 두르며 오는 길로 바람 부는 대로 빙빙 돌아가며 앙천통곡하는지라.

주부가 왜병을 물리치고 집으로 돌아와 병사를 대하여 말하기를

"이번 난리는 나에게 맡기면 불과 삼 개월이면 왜병을 처벌하고 천하를 평정할 것인데 조정이 소인의 무리라. 내 말을 듣지 아니할 것이오.

쏘호 빅면서싱으로 셩공ᄒ면 무엇 ᄒ리요 ᄎ라리 이고더셔 피
눈함만 갓지 못ᄒ다 ᄒ고 이러구러 셰월을 보니더니 ᄒ로밤의
난 쳥명 월ᄒ을 당ᄒ야ᄂ지라 쥬부 동ᄌ을 불러 왈 오날 밤의
월식이 명능ᄒ 풍을 갓초와 손의 마음을 위로ᄒ라 ᄒ고 동ᄌᄂ
옥져을 불고 쥬부난 거문고을 안고 옥져을 화답할 시 그 소리
쳘힝ᄒ며 비학이 안져 우룬ᄀ ᄒ고 봉황이 나라 츔을 츌 제
쳥양ᄒ 금셩이 반공의 소ᄉ올나 월궁의로셔 션녀 ᄒ 쌍이 니려
와 츔을 츄고 질길 져그 잉무갓튼 져 거동은 ᄉ람의 간장 다
녹인다 쏘한 션녀는 단슌85)을 반기86) ᄒ야 쳥가 일곡으로 거문
고을 화답ᄒ미

또한 백면서생으로 성공하면 무엇 하리오? 차라리 이곳에서 피난함만 같지 못하다."

하고 이러구러 세월을 보내더니 어느 날 밤에는 청명 월하를 당하였는지라.

주부가 동자를 불러 말하기를

"오늘밤에는 월색이 명랑하니 풍악을 갖추어 손님의 마음을 위로하라."

하고 동자는 옥저를 불고 주부는 거문고를 안고 옥저에 화답할새 그 소리 처량하여 백학이 앉아 우는가 하고 봉황이 날아 춤을 출 제 청량한 금성이 반공에 솟아올라 월궁에서 선녀 한 쌍이 내려와 춤을 추고 즐길 적에 앵무 같은 저 거동은 사람의 간장 다 녹인다.

또한 선녀는 단순을 반개하여 청가 일곡으로 거문고에 화답하매

운이 죠의 ㅎ야쓰되 위슈의 강공은 문앙을 만난쏘다 남양의
제갈양은 유현덕을 만나쓰고 연안의 죠 병스은 쥬부을 만난쏘
다 강남일양유 미화는 양유을 만나쓰니 미유 장츈 호시절의
상ㅎ 동납ㅎ옵소셔 곡조을 파ㅎ 후의 병스 디히 왈 민천ㅎ 세
상 속긱이 선경의 올나와서 조흔 구경을 만이 ㅎ옵고 ㅎ 피난
ㅎ와 부ᅎ상봉ㅎ야 목심을 보전ㅎ오니 다힝ㅎ거이와 언어쩌나
편안이 되오릿ㄱ 쥬부 디 왈 조선 장슈 이슌신과 강홍염 짐응
서 세 장슈 잇시되 틱국 청병장 이여송이 나와야 쳔ㅎ을 평정
홀 거시니 츄호도 염여 마옵시고 이고디서

하였으되

"위수의 강공은 문왕을 만났도다. 남양의 제갈량은 유현덕을 만났었고 연안의 조 병사는 주부를 만났도다. 강남일양유 매화는 양유를 만났으니 매유 장춘 호시절에 서로 동락(同樂)하옵소서."

곡조를 다한 후에 병사가 대희하여 말하기를

"미천한 세상의 속객(俗客)이 선경에 올라와서 좋은 구경 많이 하옵고, 피난하여 부자상봉하고 목숨을 보전하니 다행이거니와 어느 때나 편안히 되오리까?"

주부가 대답하여 말하기를

"조선의 장수 이순신과 강홍립, 김응서 세 장수가 있으되 대국 청병장 이여송이 나와야 천하를 평정할 것이니 추호도 염려 마옵시고 이곳에서

피는ᄒ여 티평시절을 기달이소셔 이러구려 여러 희 피는ᄒ여
세월을 보니다ㄱ 평는 후의 츌세ᄒ여 양유는 일국지상이 되야
휴세에 나무 시죠가 되야는지라

양유젼이라 미화는 양유낭ᄌ라 죵
양유젼이라 미화는 양유낭ᄌ라 죵

피난하여 태평시절을 기다리소서."

　이러구러 여러 해 피난하여 세월을 보내다가 난이 평정된 후에 출세하여 양유는 일국재상이 되어 후세에 남의 시조가 되었는지라.




　양유전이라 매화는 양유낭자라. 끝.

# 매화전

― 癸卯年 正月 洪孝順 書

단국대학교 소장 매화전 30장본

미화전이라 각셜이라 잇찌는 왕 시절이라 경기도 장단 연화동의 김 주부라 하는 사람이 잇스되 누대 공후 겨족이라 호상 벼살에 쓰시 업서 서치을 터하야 세월을 보니난지라 연광 사십에 한 쌀을 두어시되 일홈은 미화라 점점 자라나 인물이 비범하고 연연한 그 거동은 천성 서녀가 하강한 듯 흐더라 김 주부난 뫼한 술법을 배울 새 천무 지리 능통하여 풍운을 임으로 하니 본터 조왕이 매우 미워한지라 조정이 시기하야 주부을 해고저 하더라 천자 드르시고 하신터 주부난 벼살에 쓰시 업고 술법을 공부한다 하니 엇지 살여 두리 하시고 나임하라 하신터 금부도ᄉ

매화전이라. 각설이라. 이때는 왕 시절이라. 경기도 장단 연화동에 김 주부라 하는 사람이 있으되 대대로 공후 거족이라. 벼슬에 뜻이 없어 서책으로 세월을 보내는지라.

나이 사십에 한 딸을 두었으되 이름은 매화라. 점점 자라나 인물이 비범하고 연연한 그 거동은 천상 선녀가 하강한 듯하더라.

김 주부는 묘한 술법을 배울 새, 천문과 지리에 능통하여 풍운을 임의로 하니 본래 조정이 매우 미워한지라. 조정이 시기하여 주부를 해하고자 하더라. 천자가 들으시고 말씀하시기를

"주부는 벼슬에 뜻이 없고 술법을 공부한다 하니 어찌 살려 두리?"

하시고 잡아들이라 하신대 금부도사가

영을 듯고 즉시 군사로 하여 김 주부 집을 위여 싸고 집이 다
비여난지라 특사 낙망하야 도라본니 청명 하날이 염풍이 디조
하더니 공중 옥제 소리 들이거날 자세이 보니 주부난 범을 타
고 부인은 구름 타고 미화는 남복을 입고 오색구룸의 싸여 간
고더 업거날 금부 도라와 사연을 고한대 만조백관이 이 마을
듯고 주부에 조화는 귀신도 난책이라 있대 주부난 풍운에 쎄여
황해도 구월산을 채자 드러갈 제 부인이 대경질색 왈 우리난
문안동여를 이별을 하고 어대가 으택하오리가 주부 왈 매화난
남복을 입퍼쓰니 아모 대로 가도 무삼 염여 있으리까 부인는
추호도 걱정 마옵소서 이후에 만나리라 하고 심신곡을 차자
드러가 신사을 불너 귀신 조화로 집을 직코 세월을 보낸지

명령을 듣고 즉시 군사로 하여금 김 주부 집을 둘러싸고 보니 집이 다 비었는지라. 도사가 낙망하여 돌아보니 청명한 하늘에 염풍(炎風)이 크게 일더니 공중에서 옥저소리가 들리거늘 자세히 보니 주부는 범을 타고 부인은 구름을 타고, 매화는 남복을 입고 오색구름에 싸여 간 곳이 없거늘 금부도사가 돌아와 사연을 고하니 만조백관이 이 말을 듣고

"주부의 조화는 귀신도 막기 어렵다."

이때 주부는 풍운에 싸여 황해도 구월산을 찾아 들어갈 제, 부인이 대경실색하며 말하기를

"우리는 무남독녀를 이별하고 어디에 가 의탁하오리까?"

주부가 말하기를

"매화는 남복을 입혔으니 어디를 가도 무슨 염려가 있으리까? 부인은 추호도 걱정 마옵소서. 이후에 만나리라."

하고 심산궁곡을 찾아 들어가 신장(神將)을 불러 귀신의 조화로 집을 짓고 세월을 보내는지라.

라 잇더 민화난 한고더 다다르니 황히도 여안 세인동에 아모리
안저 부모을 기달라도 종적이 업난지라 종일토록 즈탄하다가
시암가에 버들을 으지하야 안자던니 병사에 시비 옥난이 물
길로 나왓다가 민화을 보고 문왈 엇지 저리 어엽분 도련님이
엇지 하야 우나닛가 소녀을 따라 가시옵시다 매화 울름을 근치
고 시비을 따라 한 집에 드러가니 그 집에 가산이 요부하난지
라 시비 옥난이 외당에 드러가 병사 전에 주왈 이 도련님이
세내가에 안저 우옵기로 다려왓나니다 병사 민화을 보고 디경
하여 왈 너난 어대 살며 성명은 무엇이며 나이는 몃 살이냐
하신대 민화 이러나 예하하고 가로더 속하는 장단 연화로 김
주부에 자제옵고 일홈

이때 매화는 한곳에 다다르니 황해도 연안 세인동이라. 아무리 앉아 부모를 기다려도 종적이 없는지라. 종일토록 자탄하다가 샘가에 있는 버들에 의지하여 앉아 있었더니, 병사의 시비 옥난이 물길러 나왔다가 매화를 보고 묻기를

"저리 어여쁜 도련님이 어찌하여 우나이까? 소녀를 따라 가십시다."

매화가 울음을 그치고 시비를 따라 한 집에 들어가니 그 집에 가산이 부요한지라. 시비 옥난이 외당에 들어가 병사 전에 아뢰기를

"이 도련님이 시냇가에 앉아 울고 있기로 데려왔나이다."

병사가 매화를 보고 대경하여 말하기를

"너는 어디 살며, 성명은 무엇이며, 나이는 몇 살이냐?"

하신대 매화가 일어나 예(禮)하고 가로되

"저는 장단 연화골 김 주부의 자제이옵고, 이름은

은 미화요 나이는 십삼 세로소이다 집안에 객화을 만나 부모을
일삽고 이고대 왓나니다 한대 병사 미화에 손을 잡고 너난 내
아들 양유와 동갑이라 엇지 사랑치 안니하리요 양유을 불너
왈 이 아이는 너와 동갑이니 쏘한 인물리 비범하니 한가지 공
부하라 하신대 미화 양유을 따라 학당에 드러가니 가장 정결한
지라 매화 글을 배우며 천년한 거동이 남자가 분명하더라 일일
은 양유을 대하야 가로대 나난 부모을 이별하고 정처 업시 다
니다가 천힝으로 그대을 만나 글을 배우니 실노 다힝하도다
하니 양유 더왈 나로도 외로이 공부하다가 그대을 만나시니
엇지 질겁지 아니하리요 하고 세월을 보내난지라 월내 양유난
못친을 이별

매화요, 나이는 십삼 세로소이다. 집안에 화를 만나 부모를 잃고서 이곳에 왔나이다."

한대, 병사가 매화의 손을 잡고

"너는 내 아들 양유와 동갑이라. 어찌 사랑하지 아니하리오?"

양유를 불러 말하기를

"이 아이는 너와 동갑이고 또한 인물이 비범하니 함께 공부하라."

하신대 매화가 양유를 따라 학당에 들어가니 매우 정결한지라. 매화가 글을 배우며 천연한 거동이 남자가 분명하더라.

하루는 양유를 대하여 말하기를

"나는 부모를 이별하고 정처 없이 다니다가 천행으로 그대를 만나 글을 배우니 실로 다행하도다."

하니 양유가 대답하여 말하기를

"나도 외로이 공부하다가 그대를 만났으니 어찌 즐겁지 아니하리오?"

하고 세월을 보내는지라. 원래 양유는 모친을 이별하고

하고 계모 최씨가 잇씨되 마음이 간사하야 다른 사람과 다르난
지라 일일은 시비 옥난이 유식을 가지고 학당에 드러와 히식이
만안하여 왈 두 도련님의 얼골이 엇지 저리 갓터닛가 양유 왈
우리 인물리 누가 나신가 옥난이 엿자오더 도련님은 장부에
기상이요 저 도련님은 골격이 연연하야 여자에 기상이로소이
다 하고 나가난지라 양유 이 말을 듯고 면경을 니여 보미 미화
에 낫철 한테 대고 왈 우리 얼골리 엇지 이리 갓터냐 이목구비
가 다른 거시 업도다 그더 여자 되거나 내가 여자 되거나 하엿
스면 부부되야 빅년히로 하련만은 엇지 삼시랑도 얼골만 갓터
게 점지하고 남녀 분간은 안니하엿시니 원통하도다 우리 연분
엇지 아니 분할소냐

계모 최씨가 있으되 마음이 간사하여 다른 사람과 다른지라.

일일은 시비 옥난이 음식을 가지고 학당에 들어와 희색이 만안하여 말하기를

"두 도련님의 얼굴이 어찌 저리 같으니이까?"

양유가 말하기를

"우리 인물이 누가 더 좋은가?"

옥난이 여쭈오되

"도련님은 장부의 기상이요, 저 도련님은 골격이 연연하여 여자의 기상이로소이다."

하고 나가는지라. 양유가 이 말을 듣고 거울을 내어 보며 매화에게 낯을 한데 대고 말하기를

"우리 얼굴이 어찌 이리 같으냐? 이목구비가 다른 것이 없도다. 그대가 여자가 되거나 내가 여자가 되거나 하였으면 부부가 되어 백년해로하련마는. 어찌 삼신께서도 얼굴만 같게 점지하고 남녀 분간은 아니하였으니 원통하도다, 우리 연분. 어찌 아니 분할쏘냐?"

그디난 엇지 부부 되기을 원하나요 우리 얼골이 갓터미 벗시
되연난지라 붕우난 류예 잇시니 그 정인들 베면하리요 하고
세월을 보내난지라 일일은 양유 미화에 손을 잡고 무수이 길거
왈 그디으 아롬다온 태도을 보니 심장이 절노 상한지라 엇지하
여 사랑한 마음을 풀이요 그디난 남자가 안이로다 참 남자가
무엇시 사랑타 하리요 안색을 불 불변하며 손을 뿌리거날 양유
무류하여 왈 한 방에 공부하는 벗시오미 사랑한 정을 이기지
못하여 손을 잡고 히롱하엿드니 그디 무안게 하나요 하며 무수
이 자탄하거날 미화 가로대 그대는 고히하도다 나이 십오 세
안에 나을 저하여 유해을 탐하난가 십푸니 엇지 병이 안이 되
리요 아무리 하여도 나난 여자라 엇지 남의

"그대는 어찌 부부 되기를 원하나요? 우리 얼굴이 같으매 벗이 되었는지라. 붕우는 오륜에 있으니 그 정인들 외면하리오?"

하고 세월을 보내는지라.

하루는 양유가 매화의 손을 잡고 무수히 기뻐하며 말하기를

"그대의 아름다운 태도를 보니 심장이 절로 상하는지라. 어찌하여 사랑하는 마음을 풀리오?"

"그대는 남자가 아니로다. 참 남자가 무엇을 사랑한다 하리오?"

안색을 불변하며 손을 뿌리치거늘 양유가 무안하여 말하기를

"한방에서 공부하는 벗이오라 사랑하는 정을 이기지 못하여 손을 잡고 놀렸더니 그대는 무안하게 하나요?"

하며 무수히 자탄하거늘 매화가 말하기를

"그대는 괴이하도다. 나이 십오 세 전에 나를 대하여 남녀지간의 정을 탐하는가 싶으니 어찌 병이 아니되리오? 아무리 하여도 나는 남자라. 어찌 여자였으면 하는

원을 풀이요 하고 세월을 보니난지라 하로 밤에난 월색을 더하
야 서로 더하야 즐겨하더니 양유 자탄하야 그더난 나의 몸을
만저도 나는 그대의 손을 만져 보지 못하여시니 어지 붕우지가
있다 하리오 하고 밤이 깊도록 잠을 이루지 못하겨날 매화 위
로 왈 날노하며 그대지 병이 되난이요 이날 밤은 나의 몸을
만저 보시옵고 맷친 마음을 풀겨 하시라 하신데 양유 히색이
만안하여 매화에 가슴을 만져 왈 그대의 가슴이 별노 살이 만
하여 여자의 젓인가 싶푸도다 쏘한 등을 만지려 하거날 미화
더경하야 일여 글을 일그며 신세을 생각하오니 실퍼 낭누하
하난 일일은 양유 미화을 다리고 사정에 나가 활 쏘난 귀경을
하다가 여러 사람이 미화을 보고 저 즈난 임물이 일식이나 혹
여즈가

소원을 풀리오?"

하고 세월을 보내는지라.

어느 날 밤에는 월색을 대하여 서로 대하고 즐거워하더니 양유가 자탄하여

"그대는 나의 몸을 만져도 나는 그대의 손을 만져 보지 못하였으니 어찌 붕우지도가 있다 하리오?"

하고 밤이 깊도록 잠을 이루지 못하거늘, 매화가 위로하여 말하기를

"나로 인하여 그다지 병이 되는가? 이날 밤은 나의 몸을 만져 보시옵고 맺힌 마음을 풀게 하시라."

하니 양유가 희색이 만안하여 매화의 가슴을 만져 말하기를

"그대의 가슴이 특별히 살이 많아 여자의 젖인가 싶도다."

하고 또한 등을 만지려 하거늘 매화가 대경하여 일어나 글을 읽으며 신세를 생각하니 슬퍼 눈물을 흘리는지라.

하루는 양유가 매화를 데리고 활터의 사정(射亭)에 나가 활 쏘는 구경을 하다가 여러 사람이 매화를 보고

"저 사람은 인물이 일색이나 혹 여자가

## 4 - 뒤

아닌가 하며 옥설 벗기고 보면 알리로다 하거날 미화 디경질색
하여 왈 만일 양유가 이 말을 드르면 이제난 내 몸이 헐노 날
거시니 내 몸이 여즈되야 어듸로 가리요 하며 무수이 슬퍼하더
라 잇쩌 미화 양유을 따라 학당에 드러와 슬픔을 먹음고 낙누
하다가 눈물을 씨시며 아니 우난 체 하거날 양유 미화다려 하
는 말이 그대는 무삼 일노 그다지 슬퍼하뇨 오날 귀경하는 사
람드리 그뒤의 경동을 보고 여자을 남복을 입펏다 하니 도라와
슬퍼하하는가 십푸도다 하거날 미화 대경하여 왈 그대는 엇지
그리 미거하나요 이팔청춘 어린 아이 부모을 생각하야 엇지
슬푸지 안이하리요 엇지 여자가 남복을 입고 남을 속이리요
본내 골격이

아닌가?"

하며

　"옷을 벗기고 보면 알리로다."

하거늘 매화가 대경실색하여 말하기를

　"만일 양유가 이 말을 들으면 이제는 내 몸이 탄로 날 것이니, 내 몸이 여자 되어 어디로 가리오?"

하며 무수히 슬퍼하더라.

　이때 매화가 양유를 따라 학당에 들어와 슬픔을 머금고 눈물을 흘리다가 눈물을 씻으며 울지 않은 체 하거늘, 양유가 매화에게 하는 말이

　"그대는 무슨 일로 그렇게 슬퍼하는가? 오늘 구경하는 사람들이 그대의 행동을 보고 여자에게 남복을 입혔다 하니 돌아와 슬퍼하는가 싶도다."

하거늘 매화가 대경하여 말하기를

　"그대는 어찌 그리 미거하나요? 이팔청춘 어린 아이 부모를 생각하니 어찌 슬프지 아니하리오? 어찌 여자가 남복을 입고 남자를 속이리오? 본래 골격이

연연하거날 지각업난 사람드리 여자라 하거니와 일후 장성하
오면 장부가 분명한지라 하며 단정이 안저 풍월을 일근 소리
웅장하여 산후채을 던저 옥반을 깨치난 듯하며 짐짓 남자 소리
갓치 하난지라 양유 글소리 드르미 남잔가 십푸되 이목을 판단
치 못하고 인연을 밋지 못한쏘다 하고 히색이 만안하여 왈 그
대 말이 올토다 하고 도라가 공부하던니 옥난이 나와 급피 엿
자오되 외당에 상 보난 사람이 왓기로 병사님이 급피 찬난이다
하거날 양유 미화을 다리고 가 상을 보라 하거날 상보난 사람
이 미화으 상을 보고 왈 이 아이 얼골을 보니 여자로다 하거날
병사 대경하여 왈 그디난 상을 슬른 보난쏘다 엇지 남자을 여
자라 하리요

연연하거늘, 지각없는 사람들이 여자라 하거니와 일후 장성하오면 장부가 분명할지라."

하며 단정히 앉아 풍월을 읽는 소리가 웅장하여 산호채를 던져 옥쟁반을 깨뜨리는 듯하며 짐짓 남자 소리 같이 하는지라. 양유가 글소리를 들으매 남잔가 싶되

'이목(耳目)을 판단하지 못하고 인연을 맺지 못 하도다.'

하고 희색이 만안하여 말하기를

"그대 말이 옳도다."

하고 돌아가 공부하더니 옥난이 나와 급히 여쭈되

"외당에 관상 보는 사람이 왔기로 병사님이 급히 찾나이다."

하거늘 양유가 매화를 데리고 가 상을 보라 하거늘 관상 보는 사람이 매화의 상을 보고 말하기를

"이 아이 얼굴을 보니 여자로다."

하거늘 병사가 대경하여 말하기를

"그대는 상을 그릇 보도다. 어찌 남자를 여자라 하리오?"

## 5-뒤

상각이 왈 엇지 여자 남복을 입고 나을 쇠기리요 하되 미화 무한하야 학당의로 가니라 상각이 양유에 손을 보고 왈 일후에 일국 재상이 될 거시요 그러나 이 아이 십육 세 되오면 호식할 팔자요 엇지 아니 염여되리요 한디 병사 디경하야 하인을 불너 쫏차니라 하니 상각이 문득 간대 업거날 실노 고이하야 살펴보니 안저든 자리에 무삼 글자 잇거날 보니 하엿스되 만일 미화 양유는 부부가 안이 되면 갑자년 삼월에 결코 호식하리라 하엿더라 병사 디경하여 마음이 불편하더니 하로난 미화을 불너 문왈 너을 여자라 하니 고이하도다 하시고 무수이 자탄하거날 미화 낙누하야 가로대 소녀 엇지 기망하오릿가 여자로소이다 부모을 이별하고 몸을 감

상객이 말하기를

"어찌 여자가 남복을 입고 나를 속이리오?"

하되 매화가 무안하여 학당으로 가니라. 상객이 양유의 손을 보고 말하기를

"일후에 일국의 재상이 될 것이오. 그러나 이 아이가 십육 세가 되면 호식(虎食)할 팔자니 어찌 아니 염려 되리오?"

한대 병사가 대경하여 하인을 불러 쫓아내라 하니 상객이 문득 간데없거늘 실로 괴이하여 살펴보니 앉았던 자리에 무슨 글자가 있거늘 보니 하였으되

"만일 매화와 양유가 부부 되지 않으면 갑자년 삼월에 반드시 호식하리라."

하였더라. 병사가 대경하여 마음이 불편하더니 하루는 매화를 불러 묻기를

"너를 여자라 하니 괴이하도다."

하시고 무수히 자탄하거늘 매화가 눈물을 흘리며 가로되

"소녀 어찌 기망하오리까? 여자로소이다. 부모를 이별하고 몸을

추려 하와 남복을 입엇싸오니 죄사무석이로소이다 무수이 살
여하난지라 병사 이 말을 듯고 디경디히하야 더옥 사랑하여
왈 오날봇톰 니당에 드러가 출입하지 말나 하시고 미화에 손을
쓸고 니당에 드러가 최씨을 디하야 가로디 미화난 여자라 하니
엇지 사랑치 안이하리요 하시고 예복을 지여 입핀 후에 힝실을
가라치소서 쏘 외당에 나가 양유을 불너 왈 미화는 임의 여자
라 하니 우리는 미화로 더부러 한 자리 안덜 마라 남녀칠세어
부동석이라 하니 하니 엇지 예절을 발키지 아니하리요 하시며
무수이 경겨하시더라 잇디 매화 예복을 입고 내당에 것처하니
인물리 황홀하야 운무 명월이 사람의 얼골의 빗친 듯하더라
양유난 학

감추려고 남복을 입었사오니 죄사무석이로소이다."

하며 무수히 슬퍼하는지라. 병사가 이 말을 듣고 대경대회하며 더욱 사랑하여 말하기를

　"오늘부터는 내당에 들어가 출입하지 말라."

하시고 매화의 손을 끌고 내당에 들어가 최씨를 대하여 가로되

　"매화는 여자라 하니 어찌 사랑하지 아니하리오?"

하시고

　"예복을 지어 입힌 후에 행실을 가르치소서."

하고 또 외당에 나가 양유를 불러 말하기를

　"매화는 이미 여자라 하니 이제부터는 매화와 더불어 한자리에 앉지 마라. 남녀칠세부동석(男女七歲不同席)이라 하니, 어찌 예절을 밝히지 아니하리오."

하시며 무수히 경계하시더라.

　이때 매화가 예복을 입고 내당에 거처하니 인물이 황홀하여 운무(雲霧) 명월(明月)이 사람의 얼굴에 비친 듯하더라. 양유는 학당에

당에 잇스되 시서에 쓰시 업고 다만 미화에 생각뿐이로다 양유 창변에 홀노 안저 자탄 왈 너난 무삼 일노 남복을 나을 소기연 난야 부모 명영 이러흐오니 나는 뉘로 하야 공부하며 뉘로 하야 노잔 말인가 혼자 자탄할 제 최씨 부인 미화에 인물 탄복하여 미일 사랑하며 제 남동생을 두고 혼사할 뜻시 잇서 집에 사람이 왕늬하면 계고을 꾸미난지라 일일은 병사 니당에 드러와 최씨을 디하야 전한을 생각하오니 엇지 니두 길흉을 생각 아니하리요 미화는 니 집에 잇슬 뿐 안니라 양유와 동갑이요 쏘한 인물이 비범하오니 혼사을 하오미 엇더하요 최씨 변색 왈 엇지 낭군은 그런 말삼을 하신잇가 양유는 사디부 자제옵고 미화는 유리개격하는 여자라

있으되 시서(詩書)에 뜻이 없고 다만 매화 생각뿐이로다. 양유가 창가에 홀로 앉아 자탄하여 말하기를

"너는 무슨 일로 남복을 입고 나를 속이었느냐? 부모의 명령이 이러하니 나는 누구와 함께 공부하며 누구와 논단 말인가?"

혼자 자탄할 제, 최씨 부인은 매화의 인물에 탄복하여 매일 사랑하며 제 남동생과 혼사할 뜻이 있어 집의 사람과 왕래하며 계교를 꾸미는지라.

하루는 병사가 내당에 들어와 최씨를 대하여 말하기를

"전한(前恨)을 생각하오니 어찌 내두(來頭) 길흉을 생각하지 않으리오? 매화는 내 집에 있을 뿐 아니라 양유와 동갑이오. 또한 인물이 비범하니 혼사를 함이 어떠하오?"

최씨가 변색하며 말하기를

"어찌 낭군께서는 그런 말씀을 하시니까? 양유는 사대부 자제이옵고 매화는 유리걸식하는 여자라.

근본도 아지 못하오니 인물만 탐하야 혼사을 하오릿가 병사
생각하여 왈 부인 말삼이 당년하도다 하고 아모 날은 장단 연
화동을 차자가 미화의 근본을 알리라 하고 외당에 나가난지라
최씨 이 말을 듯고 근심하여 제 동제 동생 최가을 불너 왈 병사
장단 연화동을 차자가 미화에 근본을 알고저 하오니 네가 먼저
그곳을 차자가 재물을 만니 사람을 인도하여 미화을 천인의
자식이라 호고 병사을 쇠기면 미화는 네의 짝이 될이라 엇지
저러한 여자을 두고 그저 두리요 한디 최씨 동생 이 말을 듯고
재물을 가지고 장단 연화동을 차자가 사람을 인년하야 질가에
두고 지니가는 행인을 살피난지라 잇적에 병사 노말을 갓초와
길을 쩌날새 여러 날 만에 장단 연화동을

근본도 알지 못하오니 인물만 탐하여 혼사를 하오리까?"

병사가 생각하여 말하기를

"부인 말씀이 당연하도다."

하고 아무 날은 장단 연화동을 찾아가 매화의 근본을 알아보리라 하고 외당에 나가는지라. 최씨가 이 말을 듣고 근심하여 제동생 최가를 불러 말하기를

"병사가 장단 연화동을 찾아가 매화의 근본을 알고자 하니네가 먼저 그곳을 찾아가 재물을 많이 주고 사람들을 이끌어매화를 천인의 자식이라 하고 병사를 속이면 매화가 네 짝이될 것이라. 어찌 저런 여인을 두고 그저 두리오?"

한대, 최씨의 동생이 이 말을 듣고 재물을 가지고 장단 연화동을 찾아가 사람을 인연하여 길가에 두고 지나가는 행인을살피는지라.

이때 병사가 노마를 갖추어 길을 떠날 새 여러 날 만에 장단연화동을 가니

# 7 - 뒤

한 사람이 길가에 안저거날 병사 말을 물어 왈 이곳이작 장단 연화동이오면 김 주부라 하는 자이 인나닛가 하시니 그 사람이 가로디 이곳시 연화동이옵거니와 김 주부라 하는 재인 놈이 잇삽다가 남의 재물을 만이 씨고 동망하야난 병사 이 말을 듯고 정신이 아득한지라 이키 생각하다가 날이 이무 저무러 유하고 갈거시니 쥬점할데 인나닛가 하오니 한 집을 인도하거날 드러가 한 사람 잇거날 병사 쪼 그 사람게 무른대 그 사람이 가로디 엇더한 양반이 주부을 찬난잇가 주부란 재인 놈이 이골에 잇삽다가 수년 전에 도망하여난난이다 주부난 이무 도망하여거니와 매화난 첩인의 자식이라도 인물이 절색이라 아모데로 가더라도 남을 쇠기리로다 하거날 병사 그 말을 듯고 생각하니 분

한 사람이 길가에 앉아있거늘 병사가 말을 물어 말하기를

　"이곳이 장단 연화동이오면 김 주부라 하는 자가 있나이까?"

하시니 그 사람이 가로되

　"이곳이 연화동이옵거니와 김 주부라 하는 재인 놈이 있었다가 남의 재물을 많이 쓰고 도망하였나이다."

　병사가 이 말을 듣고 정신이 아득한지라. 이윽히 생각하다가 날이 이미 저물어

　"유하고 갈 것이니 주점(住店)할 데 있나이까?"

하니 한 집을 인도하거늘 들어가니 한 사람이 있거늘 병사가 또 그 사람에게 물으니 그 사람이 가로되

　"어떠한 양반이 주부를 찾나이까? 주부라는 재인 놈이 이 골에 있다가 수년 전에 도망하였나이다. 주부는 이미 도망하였거니와 매화는 천인의 자식이라도 인물이 절색이라. 어디를 가더라도 남을 속이리로다."

하거늘 병사가 그 말을 듣고 생각하니

명한지라 엇지 미화에 일홈을 알리요 하고 방의로 드러가 주모
을 불너 술을 청한디 주모 드러와 술을 권하거날 병사 문왈
이고디 김 주부라 하는 사람이 잇나닛가 한디 주모 히색이 만
안하여 왈 연전에 도망하엿삽더니 듯사오니 자식 미화는 남복
을 황해도 연안동에 잇단 말을 드럿난니다 병사 이 말을 드르
니 다시 의심이 업난지라 그날 밤을 지닉고 잇튼날 말을 재촉
하여 집으로 도라와 부인을 딕하야 가로대 만일 부인의 말을
듯지 안니하고 혼사을 하엿더면 사딕부에 큰 우세을 당할 번하
엿쏘다 미화는 천인의 자식이라 집에 두지 말고 쏫차니라 하시
거날 최씨 호련 소왈 아무리 천인이라 혼사는 아니하면 무삼
허물 잇다 허리요 아직 두소서 엇지 박절하오릿가

분명한지라.

'어찌 매화의 이름을 알리오?'

하고 방으로 들어가 주모를 불러 술을 청한대 주모가 들어와 술을 권하거늘

병사가 묻기를

"이곳에 김 주부라 하는 사람이 있나이까?"

한대, 주모가 희색이 만안하여 말하기를

"연전(年前)에 도망하였는데, 듣자오니 자식 매화는 남복을 하고 황해도 연안동에 있다는 말을 들었나이다."

병사가 이 말을 들으니 다시 의심이 없는지라. 그날 밤을 지내고 이튿날 말을 재촉하여 집으로 돌아와 부인을 대하여 가로되

"만일 부인의 말을 듣지 아니하고 혼사를 하였더라면 사대부가 큰 우세를 당할 뻔하였도다. 매화는 천인의 자식이라. 집에 두지 말고 쫓아내라."

하시거늘 최씨가 홀연 웃으며 말하기를

"아무리 천인이라도 혼사하지 않으면 무슨 허물이 있다 하리오? 아직 두소서. 어찌 박절하게 하오리까?"

# 8-뒤

병사 학당에 나가 양유을 불너 왈 미화로 더부러 공부을 티면
치 말나 하시더라 양유 이 말을 드르닛가 가슴이 무너지는 듯
하야 밤중에 업더저 눈물을 흘여 가로더 미화로 더부러 빅년히
로 하랴던니 천인이라 하는 말이 웬 말이야 주로 자탄할 제
골수에 병이 되야 눈물노 세월을 보닉는지라 잇써 미화는 이
말을 듯고 분함을 이기지 못하야 슬퍼하며 닉 팔자 무삼 일노
부모 이별하고 남의 집에 의지하야 천인이라 구박하니 이팔청
춘 절문 몸이 어디로 갈가 생각하니 흐르난이 눈물일네라 옥난
이도 한심을 먹음고 눈물 쓰시며 우지 마오 우지 마오 낭자
우난 경상 차마 못 보겻소 아무리 슬허한들 그 서름 뉘가 알며
아무리 자탄한들 뉘가 알리 제발 덕분 우지 마오 이러타시 위
로할 제 미화

병사가 학당에 나가 양유를 불러 말하기를

"매화와 더불어 공부하며 대면치 말라."

하시더라. 양유가 이 말을 들으니 가슴이 무너지는 듯하여 방 중에 엎어져 눈물을 흘려 가로되

"매화와 더불어 백년해로하려 하였더니 천인이라 하는 말이 웬 말이냐?"

하며 주야로 자탄할 제 골수에 병이 되어 눈물로 세월을 보내는지라.

이때 매화는 이 말을 듣고 분함을 이기지 못하여 슬퍼하며

"내 팔자 무슨 일로 부모와 이별하고 남의 집에 의지하여 천 인이라 구박받으니 이팔청춘 젊은 몸이 어디로 갈까 생각하니 흐르나니 눈물일러라."

옥난도 한숨을 머금고 눈물을 씻으며

"울지 마오. 울지 마오. 낭자 우는 모습 차마 못 보겠소. 아무 리 슬퍼한들 그 설움 누가 알며 아무리 자탄한들 누가 알리. 제발 덕분 울지 마오."

이렇듯이 위로할 제, 매화가

울음을 근치고 편지을 급피 써 학당으로 보니니 옥난이 편지을
바다 손에 들고 학당의로 급피 나가 도련님전 드리니 양유 편
지을 바다 보니 하엿스되 백옥이 진흙에 무처 잇고 명월이 흑
에 뭇처씨니 민화 백사을 물읍씨나니 다 가지 놉푼 양유을 엇
지 인연이라 하오릿가 하며 분하도다 분하도다 거문곳 탈을
아지 못하고 오히려 오동 목판을 바루 피난쏘다 하거날 양유
슬품을 머음고 민화는 사디부에 자졔가 분명한지라 엇지 첩인
의 자식이라 하리요 부친이 노망하야 니의 길융을 모르니 엇지
원통치 안니하리요 하고 답장을 써 보니니라 잇적에 민화 답장
을 바다 살피오니 하엿스되 빅옥이 진흙에 뭇처도다 닥그면
시로 빗치 나고 명월이 흑훈에 드럿

울음을 그치고 편지를 급히 써 학당으로 보내니 옥난이 편지를 받아 손에 들고 학당으로 급히 나가 도련님께 드리니, 양유가 편지를 받아 보니 하였으되

"백옥이 진흙에 묻혀 있고 명월이 흙에 묻혔으니 매화가 백설을 무릅쓰나니, 가지 높은 양유를 어찌 인연이라 하오리까?" 하며

"분하도다. 분하도다. 거문고 탈 줄을 알지 못하고 오히려 오동 목판을 바로 펴는도다."
하거늘 양유가 슬픔을 머금고

"매화는 사대부 자제가 분명한지라. 어찌 천인의 자식이라 하리오. 부친이 노망하여 나의 길흉을 모르니 어찌 원통치 아니하리오?"
하고 답장을 써 보내니라.

이때에 매화가 답장을 받아 살펴보니 하였으되

"백옥이 진흙에 묻혔도다. 닦으면 새로 빛이 나고 명월이 흑운(黑雲)에 들었으니

스니 다시 벗서지면 발가지난지라 설중 미화야 슬허마라 삼춘
이 도라오면 미유 장춘이 심화봉졉이 연분되 빅년희로 하리로
다 하엿도다 미화 보기을 다하미 양유와 부부 될가 하야 게모
년 하는 말리 병사 너을 쫏차너라 하시니 저리한 여자가 어디
로 가리요 슬품을 먹음고 불상타 미화야 엿태가지 너로 정을
붓처시니 늬 동싱이 상처하고 아직 정혼치 못하엿시니 늬 동생
과 부부되야 빅년희로하미 엇더하요 미화 디왈 아무리 천인의
자식이라고 부모 명영도 업시 혼인을 하리요 하며 가로디 죽을
지연정 부모을 차자 가오리다 하고 의복 갓초와 입고 나시니
최씨 디경질색 왈 미화에 손을 잡고 가로대 벌서 혼인할 디리
와 디사 날을 밧더사오니 어디로 가리요 남자 업는

다시 벗어나면 밝아지는지라. 설중 매화야, 슬퍼 마라. 봄이 돌아오면 매화와 양유는 장춘이 탐화봉접 연분 되어 백년해로 하리로다."

하였도다. 매화가 보기를 다하매 양유와 부부가 될까 하여 계모가 하는 말이

"병사께서 너를 쫓아내라 하시니 저러한 여자가 어디를 가리오?"

슬픔을 머금고

"불쌍타, 매화야! 여태까지 너에게 정을 붙였으니. 내 동생이 상처하고 아직 정혼하지 못하였으니 내 동생과 부부되어 백년해로함이 어떠하뇨?"

매화가 대답하길

"아무리 천인의 자식이라고 부모 명령도 없이 혼인을 하리오?"

하며 가로되

"죽을지언정 부모를 찾아가오리다."

하고 의복을 갖추어 입고 나서니 최씨가 대경실색하며 매화의 손을 잡고 가로되

"벌써 혼인할 자리와 대사 날을 받았으니 어디로 가리오? 남자 없는

게집이 아모라도 먼저 혼사하면 임자다 방의로 드러가 하거날
미화 뿌리치며 마오 마오 부모 업는 어린 아이 그대지 괄세
마오 인년이라 하는 것시 하날에서 주시미라 일역으로 못하난
지라 하며 발을 동동 귀루며 날 노와 다오 제발 덕분 날 노와라
부모 차자 가리로다 한참 이리 슬피 울 제 병사 내당에 드러와
부인을 꾸지저 왈 엇지 미화을 말유하야 집안을 요란케 하나요
하며 부인에 손을 들처 왈 미화다려 일너 왈 너은 첩인의 자식이
라 엇지 늬 집에 잇스리요 밧비 가리 하거날 미화 아름다온
그 틱도 대문밧게 썩 나신이 천지가 아득하고 일월이 무광하도
다 슬품이 새로 난듯 옥갓탄 두 귀 밋테 눈물이 비오난 덧하더라
옥난아 나는 간다 옥난이도 야속하다 양유난 어데 가고 날 가

계집이 아무라도 먼저 혼사하면 임자다. 방으로 들어가자."

하거늘 매화가 뿌리치며

　"마오, 마오. 부모 없는 어린아이, 그다지 괄시 마오. 인연이라 하는 것이 하늘에서 주심이라, 인력으로 못하는지라."

하며 발을 동동 구르며

　"날 놓아 다오. 제발 덕분 날 놓아라. 부모 찾아가리로다."

　한참 이리 슬피 울 제 병사가 내당에 들어와 부인을 꾸짖어 말하길

　"어찌 매화를 만류하여 집안을 요란케 하느뇨?"

하며 부인의 손을 들치며 매화에게 일러 말하기를

　"너는 천인의 자식이라. 어찌 내 집에 있으리오? 바삐 가라."

하거늘 매화가 아름다운 그 태도로 대문 밖에 썩 나서니 천지가 아득하고 일월이 무광(無光)하도다. 슬픔이 새로 난다. 옥 같은 두 귀 밑에 눈물이 비오는 듯하더라.

　"옥난아, 나는 간다. 옥난도 야속하다. 양유는 어디 가고 나가는

는 쥴 모르난고 양유도 무정하다 창전 미화꽃이 지고 십퍼 지
랴마는 사세가 부득하여 지고 나도 가고 십퍼 가랴만는 사세
부득하여 가는고나 하며 옥수 나삼 들어 눈물 씻고 나올 적에
마음들 오직 하오며 분하기도 층양업다 홍상자락 검어잡고 보
선발노 아장아장 나오면서 신세 자탄 우난 말리 늬 몸이 여자
되야 어디로 가잔 말린가 이팔청춘 이 늬 몸이 부모을 이별하
고 어데다 의탁하야 사잔 말인가 한참 이리 슬피 울 제 옥난이
학당에로 드러가 미화는 울고 가난듸 도련님은 글만 익고 게시
나요 양유 미화 간단 말을 듯고 발을 동동 굴의면서 바람갓치
쫏자가며 하는 말이 미화야 나을 버리고 어디로 가느냐 한참
쫏차갈 제 화림 중에 다다르니 미화에 울름소리 귀에 얼른하는
지라

줄 모르는고? 양유도 무정하다. 창전(窓前) 매화꽃이 지고 싶어 지랴마는 사세가 부득이하여 지고, 나도 가고 싶어 가랴마는 사세가 부득이하여 가는구나."

하며 옥수 나삼 들어 눈물 씻고 나올 적에 마음인들 오죽하며 분하기도 측량없다. 홍상자락 거머잡고 버선발로 아장아장 나오면서 신세 자탄 우는 말이

"내 몸이 여자 되어 어디로 가잔 말인가? 이팔청춘 이 내 몸이 부모를 이별하고 어디다 의탁하여 산단 말인가?"

한참 이리 슬피 울 제, 옥난이 학당으로 들어가

"매화는 울고 가는데 도련님은 글만 익히고 계시나요?"

양유는 매화가 간다는 말을 듣고 발을 동동 구르면서 바람같이 쫓아가며 하는 말이

"매화야, 나를 버리고 어디로 가느냐?"

한참 쫓아갈 제 화림(花林)에 다다르니 매화의 울음소리 귀에 아른한지라.

번개같이 쫓아갈 제 광풍에 나는 듯이 뛰어 달려들어 매화에 목을 않고 마소 마소 우지 마소 그대의 울음소리 간장이 다 녹난이다 나를 두고 못 가느니 우리 둘이 목을 않고 한강수 깊은 물에 풍덩실 빠저 죽엇으면 죽엇지 살려두고는 못 가나니 제발 덕분 가지 마오 장천에 매화 만발하고 후원에 도화 빌 제 뉘로 하야 귀경하며 추월춘풍 좋은 경화 녹음방초승화시에 뉘로 노잔 말가 월침 야삼경에 홀로 앉아 글 읽은 제 그대 생각 몇 번이나 하잔 말가 제발 덕분 가지 마오 이렇다시 슬퍼할 제 매화 양유를 스시며 마오 마오 설어 마오 낸들 많이 원통하 리 그대는 사대부 자제로 나는 천인의

번개같이 쫓아갈 제, 광풍에 나는 듯이 뛰어 달려들어 매화의 목을 안고

"마소, 마소. 울지 마소. 그대의 울음소리, 간장이 다 녹나이다. 나를 두고 못 가나니. 우리 둘이 목을 안고 한강수 깊은 물에 풍덩실 빠져 죽었으면 죽었지 살려 두고는 못 가나니. 제발 덕분 가지 마오. 창전에 매화 만발하고 후원에 도화 필 제, 누구와 함께 구경하며 추월춘풍 좋은 경치, 녹음방초승화시(綠陰芳草昇華時)에 누구와 함께 놀잔 말인가? 월침(月沈)[87] 야삼경(夜三更)에 홀로 앉아 글 읽을 제 그대 생각 몇 번이나 하잔 말인가? 제발 덕분 가지 마오."

이렇듯이 슬퍼할 제, 매화 양유에게 눈물을 씻으며

"마오, 마오. 슬퍼 마오. 난들 아니 원통하리. 그대는 사대부 자제로, 나는 천인의

자식이라 부모 명년 그리하야 문호에 욕이 된다 하면 어찌 하리
요 낭 생각 추오도 말고 어진 가문에 구혼하야 요조숙녀 택정하
야 금석같이 맹서하여 백년해로하옵소서 청천 매화 않이라도
후원 매화 또 잇나니 제발 덕분 설어 마오 양류난 달려올 제
집신도 버서지고 옷짖도 문어지고 매화 머리채는 가닥가닥 허
터저서 광풍에 휘날릴 제 잇때 옥낭이 쫓아오며 엿자오대 생원
님이 대로하사 도련님을 찾아오라 분부하시니 바삐 가사이다
양류 이 말을 듣고 대경하야 잡은 손길 정신없이 노을 적에
원수로다 아름다운 태도와 연연 그 거동과 그 얼골을 언제 다시
보잔 말과 매화 매화야 부디부디 잘 가거라 명년 춘삼월

자식이라. 부모의 명령이 그리하여 문호에 욕이 된다 하면 어찌하리오? 내 생각은 추호도 말고 어진 가문에 구혼하여 요조숙녀 택정하고 금석같이 맹세하여 백년해로하옵소서. 창전 매화 아니라도 후원 매화 또 있나니 제발 덕분 서러워 마오."

양유는 달려올 제 짚신도 벗겨지고 옷깃도 무너지고 매화 머리채는 가닥가닥 흩어져서 광풍에 흩날릴 제, 이때 옥난이 쫓아오며 여쭈되

"생원님이 대로(大怒)하사 도련님을 찾아오라 분부하시니 바삐 가사이다."

양유가 이 말을 듣고 대경하여 잡은 손길 정신없이 놓을 적에

"원수로다. 아름다운 태도와 연연한 그 거동, 그 얼굴을 언제 다시 본단 말인고? 매화야, 매화야. 부디부디 잘 가거라. 명년 춘삼월에

양유 입피 픠거든 날 본 드시 사랑하야 주루룩 홀터 홍상자락
에 질근 안고 삼경 집푼 밤에 날과 그디 만난 듯시 가슴에 맷친
한을 풀게 하소서 미화 정신업시 업더저서 여보 수자 잘 게시
요 창천 미화 미화꽃이 픠거든 한 가지을 질끈 껑꺼 벽상에
꼬자 두고 공부하시다가 날 본 다시 사랑하야 장부 마음을 풀
게 하소서 하며 미화 거름거름 쩌나갈 제 양유 바람 갓치 달여
와 미화 손 덥벅 잡고 네가 참으로 가나냐 아무리 싱각하여도
노을 쯧시 바이 업다 이질 가망 전이 업다 잇써 옥난이 발을
동동 굴의며 엿자오디 공부하난 도련님이 어엿분 낭자로 더부
러 디로상에서 이별하다가 망신할가 하난이다 양유 할일

버드나무 잎이 피거든 날 본 듯이 사랑하여 주르륵 훑어 홍상 자락에 질끈 안고 삼경 깊은 밤에 나와 그대 만난 듯이 가슴에 맺힌 한을 풀게 하소서."

매화가 정신없이 엎어져서

"여보, 수재. 잘 계시오. 창전 매화꽃이 피거든 한 가지를 질 끈 꺾어 벽상에 꽂아 두고 공부하시다가 날 본 듯이 사랑하여 장부 마음을 풀게 하소서."

하며 매화가 걸음걸음 떠나갈 제, 양유가 바람같이 달려와 매화 손을 덥석 잡고

"네가 참으로 가느냐? 아무리 생각하여도 놓을 뜻이 전혀 없다. 잊을 가망(可望) 전혀 없다."

이때 옥난이 발을 동동 구르며 여쭈되

"공부하는 도련님이 어여쁜 낭자와 더불어 대로상에서 이별하다가 망신할까 하나이다."

양유가 하릴없어

업서 도라스며 미화야 잘 가거라 여보 수자 잘 게시요 미루장
추 호시절에 쏘다시 만나리라 온냐 미화 잘 가거라 여보 수자
잘 게시오 찰노 멀니 가거라 옥수 나삼 놉픠 들여 손을 치며
잘 가시오 하난 소래 무정하게 나난지라 양유 할 일 업서 학당
의 드러가고 미화는 산으로 드러가 바람 마진 병신 체로 이리
흔들 저리 흔들 여광여취로 가는구나 질가에 도주화도 주루룩
훌티 물에 너허 보고 미화갓치 위여 심화봉접도 활활 날여 보
며 미화는 임무 가난더 탄화봉접은 노단 말과 홍진비너 보기실
타 도리화방 차자가소이 이러타시 올나갈 제 청산은 울울하고
포포난 요란한더 두견 접동는 불여귀를 일삼고 세류경 괴고리
는 양유에

돌아서며

　"매화야, 잘 가거라."

　"여보, 수재. 잘 계시오. 미루나무 장춘 호시절에 또다시 만나리라."

　"오냐, 매화야. 잘 가거라."

　"여보, 수재. 잘 계시오."

　"차차로 멀리 가거라."

　옥수 나삼 높이 들어 손을 치며

　"잘 가시오."

하는 소리 무정하게 나는지라. 양유가 하릴없어 학당에 들어가고 매화는 산으로 들어가 바람 맞은 병신처럼 이리 흔들 저리 흔들 여광여취(如狂如醉)로 가는구나. 길가에 도화도 주르륵 훑어 물에 넣어 보고, 매화가지 휘어 탐화봉접도 훨훨 날려 보며

　"매화는 이미 가는데 탐화봉접은 논단 말인가? 흥진비래(興盡悲來) 보기 싫다. 도리화방 찾아가소."

하며 이렇듯이 올라갈 제, 청산은 울울하고 폭포는 요란한데 두견 접동은 불여귀(不如歸)를 일삼고 세류(細柳) 간 꾀꼬리는 버드나무에게

## 13 - 앞

한우하고 왕뇌하는구나 낭자에 실푼 소리 부모 수심 수심 도도
온디 청청 버들가지 날을 사랑하야 우줄우줄 춤을 취고 빅홍
뒤견화난 날을 보고 반가하야 와년이 우저 잇고 도화 점 불근
고디 온갓 새가 나라든다 저 두견새 거동 보아라 만주화 꽃가
지여 안저 우난 말리 미화야 엇지 갈고 항산고 저문 날에 옛정
달과 갓도다 이상하다 칭앙절벽 반석상에 홀노 안저 우난 말이
병사야 병사야 미화 보고 천인이라 이리 가며 뺏죽 저리 가며
뺏죽이며 이삼 사 일에 사람 정신을 다 녹이고 저 제비 거동
보아라 헐궁에 놉피 써서 우난 말리 양유 양유 미화 소식 씩씩
로 나리라 이리 가면 부지적 저리 가면 부지적 사람 간장 다
녹인다 저 풀국 거

환우(喚友)하고 왕래하는구나. 낭자의 슬픈 소리 부모 수심 돋우는데

"청청 버들가지 나를 사랑하여 우줄우줄 춤을 추고 백홍 두견화는 나를 보고 반겨하여 완연히 웃어 있고 도화 점점 붉은 곳에 온갖 새가 날아든다."

저 두견새 거동 보아라. 온갖 나무 꽃가지에 앉아 우는 말이

"매화야, 어찌 갈꼬? 황산골 저문 날에 옛정 달과 같도다. 이상하다."

층암절벽 반석 위에 홀로 앉아 우는 말이

"병사야, 병사야. 매화 보고 천인이라."

이리 가며 삐죽, 저리 가며 삐죽이며 이삼 사일에 사람 정신을 다 녹이고 저 제비 거동 보아라. 허공에 높이 떠서 우는 말이

"양유, 양유. 매화 소식 때때로 나리라."

이리 가며 부지적, 저리 가며 부지적 사람 간장 다 녹인다. 저 뻐꾹새

동 보아라 만첩청산 집푼 고디 실피 우난 말리 원수로다 원수
로다 이별도 원수로다 방초 중에 궁굴 제 녹의홍상 다 히리
가면 죽풀 저리가면 죽풀 장장 춘일 질고 진 날 사람 정신 다
놀닛다 저 꾀꼴 거동 보아라 세류 양유 우난 마리 미화야 미화
야 남복은 어디 두고 녹의홍상 곱게 입고 다니느냐 이리 가며
곱다 저리 가며 곱다 저리 가며 곱다 녹음방추승화시에 사람
정신 다 녹인다 저 호박새 거동 보아라 만학천봉 지푼 고디
홀노 안저 우난 마리 정신업다 저 낭자야 부모 얼골 보랴거든
산중으로 활살갓치 들어가소 이리 가며 수루룩 저리 가며 수루
룩 이 산 저 산 산중에 사람 정신을 다 놀닌다 저 따옥 거

거동 보아라. 만첩청산 깊은 곳에 슬피 우는 말이

"원수로다, 원수로다. 이별도 원수로다. 방초 중에 뒹굴 제 녹의홍상 풀죽는다."

이리 가며 죽풀, 저리 가며 죽풀. 장장춘일(長長春日) 사람 정신 다 놀랬다.

저 꾀꼬리 거동 보아라. 세류 양류 우는 말이

"매화야, 매화야. 남복은 어디 두고 녹의홍상 곱게 입고 다니느냐?"

이리 가며 곱다, 저리 가며 곱다, 저리 가며 곱다. 녹음방초 승화시에 사람 정신 다 녹인다. 저 호반새 거동 보아라. 만학천봉 깊은 곳에 홀로 앉아 우는 말이

"정신없다. 저 낭자야. 부모 얼굴 보려거든 산중으로 화살같이 들어가소."

이리 가며 수루룩, 저리 가며 수루룩. 이 산 저 산 산중에 사람 정신 다 놀랜다.

저 따오기

## 14 - 앞

동 보아라 놉푼 나무 홀노 안저 슬피 우난 마리 저긔 가난 저
낭자야 날 장장 짜며리 옥빗치 더옥 좃타 이리 가며 짜옥 저리
가며 짜옥 사람의 정신 다 녹인다 저 할미새 거동 보아라 낙낙
장송 놉푼 가지 홀노 안저 두 날개 투덕투덕 치며 매화야 그
길노 가지 말고 이 길노 가소 이리 가며 질눅 사람 정신 다
놀닌다 식가 식가 나라든다 무신 새가 나라든다 구망산천 저
만 봉에 소식 전턴 왕무새며 야월 공산 두견시며 성황묘에 청
조새며 막고지생 꾀꼴리며 양유장 진금새며 우후 청강 빅구새
며 월명히 오착새며 낙화고목 짜옥새며 쟁기 갓토리 목탈리
비들기 참새가 다 나라든다 잇때 최씨 동을 불너 왈 병사가
매화를 쫏차

거동 보아라. 높은 나무 홀로 앉아 슬피 우는 말이

"저기 가는 저 낭자야. 장장 땋은 머리 옥빛이 더욱 좋다."

이리 가며 따옥, 저리 가며 따옥. 사람 정신 다 녹인다.

저 할미새 거동 보아라. 낙락장송 높은 가지 홀로 앉아 두 날개 투덕투덕 치며

"매화야, 그 길로 가지 말고 이 길로 가소."

이리 가며 질룩. 사람 정신 다 놀랜다.

새가 새가 날아든다. 무슨 새가 날아든다. 구만장천(九萬長天) 저 만 봉에 소식 전하던 앵무새며 야월(夜月) 공산(空山)에 두견새며 서황묘에 청조새며 막교지상(莫教枝上) 꾀꼬리며 양유지에 징거미새우며 우후정강 갈매기며 달 밝은데 까막까치며 낙화고목에 따옥새며 장끼, 까투리, 부엉이, 비둘기, 참새가 다 날아든다.

이때 최씨가 동생을 불러 말하기를

"병사가 매화를 쫓아

내여쓰니 급피 쪼차가 매화를 붓들러 오라 었지 조곰한 매를
당치 못하려느야 한때 최씨 동생 이 말 듯고 여려 사람을 다리
고 산중으로 급피 드러가면서 매화 보고 소래 크거 하여 왈
낭자는 가지 말고 우리 여레를 기다리소서 그리 가면 어대로
가잔 마린가 함정에 든 범이오 도매에 오런 고기라 하면 산중
이 요란한지라 매화 대경하여 혐한지오라 사생을 판단하여도
나무 거림을 당하리오 각서리라 있때 김 주부 동자를 다리고
모한 술법을 으논하다가 문득 대경하면 학자를 떨처입고 급피
나가나니다 동자 여자오대 선생은 무삼 일노 급피 가시나니가
주부 왈 너난 동친 알니로다 하고 소매 한번 드러 히롱하매
공중에 소사오르난

내었으니 급히 쫓아가 매화를 붙들어 오라. 어찌 조그마한 매화를 당하지 못하겠느냐?"

한대, 최씨 동생이 이 말 듣고 여러 사람을 데리고 산중으로 급히 들어가면서 매화 보고 소리를 크게 하여 말하길

"낭자는 가지 말고 우리들을 기다리소서. 그리 가면 어디로 가잔 말인가? 함정에 든 범이오, 도마에 올린 고기라."
하면서 산중이 요란한지라. 매화가 대경하여 '험한지라, 사생을 판단하여도 남자의 걸음을 당하리오.'

각설이라. 이때 김 주부는 동자를 데리고 묘한 술법을 의논하다가 문득 대경하여 학창의를 떨쳐입고 급히 나가는지라. 동자가 여쭈기를

"선생님께서는 무슨 일로 급히 가시나이까?"

주부가 말하길

"너는 장차 알리로다."
하고 소매 한번 들어 놀리매 공중에 솟아오르는

듯시 칠봉을 엽서서 바라보니 사람들이 소래를 크게 지르면
어더한 낭자를 쪼차가며 잡의러 하거날 주부 매환줄 알고 분함
을 이기지 못하야 손으로 무삼 글자를 내던지니 일진과풍 이러
나며 병역갓뜬 소래 끄테 치암절벽이 뒤느피며 여러 사람을
놀래게 하난지라 최씨 동생 쫏다 사면을 도라보니 좌편은 칭암
절벽이요 우편은 강수로다 여러 사람이 갈 주를 모르고 가온대
종일토록 도라다니며 모도 최씨 동생만 원망하난지라 미화 아
무리 할 줄 모르고 슬퍼하며 쏘는 첩첩한 이 산 중에 어더로
가잔 말과 부모 얼골 못 볼진디 차라리 청수에 빠저 죽으리라
하고 홍상자락 무릅씨고 광채 조흔 눈을 감고 물에

듯이 칠봉을 앞서서 바라보니 사람들이 소리를 크게 지르면서
어떠한 낭자를 쫓아가며 잡으려 하거늘 주부가 매화인 줄 알고
분함을 이기지 못하여 손으로 무슨 글자를 내던지니 일진광풍
이 일어나며 벽력 같은 소리 끝에 층암절벽이 드높으며 여러
사람을 놀래게 하는지라.

최씨 동생이 쫓다가 사면을 돌아보니 왼편은 층암절벽이요,
오른편은 강수로다. 여러 사람이 갈 줄을 모르는 가운데 종일
토록 돌아다니며 모두 최씨 동생만 원망하는지라.

매화가 어떻게 할 줄 모르고 슬퍼하며

"첩첩한 이 산 중에 어디로 가자는 말인고? 부모 얼굴을 못
볼진대 차라리 청수에 빠져 죽으리라."
하고 홍상자락 무릅쓰고 광채 좋은 눈을 감고 물에

빠저 죽고저 할 제 문득 공중으로 무삼 소리 들이거날 혼미
중에 바라보니 한 사람이 미화을 크게 불으거날 미화 석장에서
기다리거날 순식간에 반빅 노인이 몸에 흑터을 띄고 너려와
미화 손을 잡고 왈 너에 붓친 니가 왓시니 정신을 수심하여
날을 보라 하시고 붓들고 일히일비 하난지라 미화 정신 차려
살펴보니 과연 붓친이 분명한지라 가삼이 막겨 아모 말도 못하
다가 붓친을 붓들고 무수이 통곡 왈 오날날 부녀 상봉이 꿈인
가 싱신가 명천이 감동하사 우리 붓친을 만낫시니 이제난 무삼
한니 잇사오리요 하며 무수이 슬퍼하거날 주부 미화을 달너며

빠져 죽고자 할 제, 문득 공중에서 무슨 소리가 들리거늘, 혼미한 중에 바라보니 한 사람이 매화를 크게 부르거늘 매화가 석상에서 기다리거늘 순식간에 반백 노인이 몸에 흑대를 띠고 내려와 매화 손을 잡고 말하기를

"네 부친 내가 왔으니 정신을 가다듬어 나를 보라."

하시고 붙들고 일희일비하는지라.

매화가 정신 차려 살펴보니 과연 부친이 분명한지라. 가슴이 막혀 아무 말도 못하다가 부친을 붙들고 무수히 통곡하기를

"오늘 부녀 상봉이 꿈인가 생시인가. 명천이 감동하사 우리 부친을 만났으니 이제는 무슨 한이 있사오리오?"

하며 무수히 슬퍼하거늘 주부가 매화를 달래며

왈 네의 못친 인난 곳설 어서 가자 하거날 미화 붓친게 주왈
수년지간에 못친 기후 안영하신가요 주부 왈 나는 네 고상을
다 알거니와 오날날 이곳에서 만날 줄 짐작하여도다 하미 매화
을 다리고 기구한 산중의로 드러 가난지라 못친 게신 곳시 얼
마나 되시난닛가 주부 왈 이빅 니라 가자면 나리 비록 저무나
저물지 아니할 거시라 하고 이빅 니을 힝하야 가니 빅운을 헷
치며 산천을 요동게 하난지라 휴하야 한 고더 다다르니 천봉만
학에 기곰으로 그러잇고 포포난 요요한디 광활하야 별우친지
빈간이라 파고을 건너서 석문에 다다르니 동자 나와 마자드리
거날 반게 드려가니 삼간 초당에 단정이 황홀한디 거치 조커니
와 풍경도 더욱 좃타 정젠 세류 천만사에

말하기를

"네 모친 있는 곳에 어서 가자."

하거늘

매화가 부친께 아뢰기를

"지난 수년간 모친 기후 안녕하신가요?"

주부가 말하기를

"나는 네 고생을 다 알거니와 오늘 이곳에서 만날 줄 짐작하였도다."

하매 매화를 데리고 기구한 산중으로 들어가는지라.

"모친 계신 곳이 여기서 얼마나 되나이까?"

주부가 말하기를

"이백 리라. 가자면 날이 비록 저무나 저물지 아니할 것이라."

하고 이백 리를 행하여 가니 백운을 헤치며 산천을 요동케 하는지라. 잠시 후 한 곳에 다다르니 천봉만학이 기공(奇功)으로 걸려 있고 폭포는 요요한데 광활하여 별유천지비인간(別有天地非人間)이라. 다리를 건너서 석문에 다다르니 동자가 나와 맞아들이거늘 반겨 들어가니 삼간 초당이 단정히 황홀한데, 그 집도 좋거니와 풍경도 더욱 좋다. 세류(細柳) 천만사(千萬絲)에

# 16 - 뒤

황힝은 편편 한유하고 후드르 난만 중에 빅접은 쌍쌍한 사이장 철 저 나무난 휘휘 청청 얼키여서 단장밧게 소사 잇고 수삼 찬 화게 상에 온갓 홧초을 심난디 팔월 구옹군자영 마춘수화상 연화며 암항이부도명월야 이 봄 소식 전턴 미화며 천문일사황 곰방공간에 준주 영도화며 이선이주죽예의산춘 무름도원 홍도 화 구심춘광 다 지니고 열난 고려한 빈일홈이면 남산 환별 복 산 홍안이 광채 조흔 영산홍 한이며 부귀활손 모단화며 군사왕 숀방수화며 도연명의 힝국화며 난초 파초 여기 저기 심어난디 힝풍이 건듯하면 춘광을 못 이기여 우줄 우줄 춤을 춘다 잇떠 부인 죽문에 꾀꼬리는 펄펄 환우하고 후원의 도리화 난만한 중에 흰나비는 쌍쌍이 날고 사시장철 저 나무는 휘휘 청청 얽혀 담장 밖에 솟아 있고 수삼 층 화단에 온갖 화초를 심었는데 '팔월부용군자용(八月芙蓉君子容), 만당추수홍련화(滿塘秋水紅蓮花)'며 '암향부동월황혼(暗香浮動月黃昏)'에 봄소식 전하던 매화며 '어주축수애산춘(漁舟逐水愛山春)'하는 '무릉도원(武陵桃源)'의 붉은 도화며 화창한 봄 다 지내고 핀 백일홍이며 남산에 두른 별 북산의 홍안이 광채 좋은 영산홍 한이며 부귀한 모란꽃이며 공자와 왕손들이 꽃나무 밑에서 노는 것이며 도연명의 향국화며 난초, 파초, 여기저기 심었는데 향풍이 살짝 불면 춘광을 못 이겨 우줄우줄 춤을 춘다.

이때 부인이 중문에

나와 미화의 손을 잡고 더경더히 활 너을 이별하고 주야로 설
위하더니 오날날 모녀 상봉하니 인제 죽어도 한이 업거니와
훨훨단신 네의 몸이 어데가 의탁하여시며 엇지하여 저더지 장
성하연나냐 하니 미화 뭇친을 위로 왈 싱전에 부모을 다시 만
나오니 엇지 길겁지 아니하릿가 하고 전후사연을 낫낫치 설화
하더라 각설 잇써 양유난 미화을 이별하고 월명사창 빈 방안에
홀노 안저 공부할 제 미화에 아람다온 틔도 눈에 삼삼하고 말
소리 귀에 쟁쟁하여 가슴에 병이 되야 사시장철 한이로다 삼월
춘풍 조흔 써에 미화는 어데 가고 소식이 업난냐 어디 가 죽어
난냐 사라는냐 희당화야 네 꼿 진다 서러 마라 너는 명년 춘삼
월이 다시 오면

나와 매화의 손을 잡고 대경대희하여 말하기를

"너를 이별하고 주야로 서러워하더니 오늘 모녀 상봉하니 이제 죽어도 한이 없거니와 혈혈단신 네 몸이 어디 의탁하였으며 어찌하여 저다지 장성하였느냐?"

하니 매화가 모친을 위로하여 말하기를

"생전에 부모를 다시 만나오니 어찌 즐겁지 아니하리까?"

하고 전후사연을 낱낱이 이야기하더라.

각설.

이때 양유는 매화를 이별하고 월명사창 빈방 안에 홀로 앉아 공부할 제, 매화의 아름다운 태도가 눈에 삼삼하고 말소리가 귀에 쟁쟁하여 가슴에 병이 되어 사시장철 한이로다.

"삼월 춘풍 좋은 때에 매화는 어디 가고 소식이 없느냐? 어디 가서 죽었느냐, 살았느냐? 해당화야, 네 꽃 진다 서러워 마라. 너는 명년 춘삼월이 다시 오면

고목생화 피련이와 인성 미화는 한 번 가고 다시 올 줄 모르시
나냐 이럿타시 잣탄할 제 조 병사는 양유 혼사을 정치 못하여
근심하더니 맛침 정혼하여 납펴하고 딕산날을 바더난지라 최
씨 병사을 딕하여 왈 양유난 저와 갓턴 빅필을 만나시나 닉
동싱은 뉘로 하여 짝을 정하리요 미화 갓턴 인물을 보니고 엇
지 원통치 아니하리요 하고 마지안니하던이다 이적의 미화는
양유랄 생각하야 춘풍 도리화 기연이 연분되리라 하며 월색을
따라 청천이 니다라 양유 청청 푸른 가지 옥수로 덥벅 잡아
네가 양유 너는 다시 입이 피여 꾀꼴리을 청하난디 양유는 어
이하여 날 청할 줄 모르난고

고목생화 피려니와 인생 매화는 한 번 가고 다시 올 줄 모르시느냐?"

이렇듯이 자탄할 제, 조 병사는 양유 혼사를 정하지 못하여 근심하더니 마침 정혼하여 납폐하고 대사 날을 받았는지라. 최씨가 병사를 대하여 말하기를

"양유는 저와 같은 배필을 만났으나 내 동생은 누구와 짝을 정하리오? 매화 같은 인물을 보내고 어찌 원통치 아니하리오?" 하고 마지아니하더라.

이때 매화는 양유를 생각하여 춘풍 도리화 기연(奇緣)이 연분되리라 하며 월색을 따라 천천히 내달아 버드나무 청청(靑靑) 푸른 가지 옥수로 덥석 잡아

"네가 양유, 너는 다시 잎이 피어 꾀꼬리를 청하는데 양유는 어찌하여 날 청할 줄 모르는고?"

버들닙 주루룩 홀터 홍상자락에 검어안고 제 방의에로 드러가
서 버들잎에 글 넉 자을 써시되 민화 민자 버들 유자 서루 상자
만날 봉자 얼는 써서 벽장 안에 정이 넛코 주로 생각할 제 골수
에 병이 되야 눈물노 세월을 보니난지라 일일은 주부 니당에
드러와 부인을 디하야 맛당한 혼처 잇서서 혼인을 정혼하여
디산 날을 바다난이다 하니 부인이 이 말 듯고 디경질식 왈
여아을 이별한 후 천후신조하여 상봉하여 그간 기룹든 회포도
풀지 못하고 쪼 이별하릿가 하니 주부 왈 부인은 니 변화지수을
모르난잇가 추호도 걱정 마옵소서 하고 외당으로 나가난지라
민화 이 말 듯고 정신이 아득하여 가삼이 무너지난 듯하난지라

버들잎을 주르륵 훑어 홍상자락에 거머안고 제 방으로 들어가서 버들잎에 글 넉 자를 썼으되 매화 '매(梅)' 자, 버들 '유(柳)' 자, 서로 '상(相)' 자, 만날 '봉(逢)' 자 얼른 써서 벽장 안에 정히 넣고 주로 생각할 제, 골수에 병이 되어 눈물로 세월을 보내는지라.

하루는 주부가 내당에 들어와 부인을 대하여

"마땅한 혼처가 있어 혼인을 정하여 대사 날을 받았나이다."
하니 부인이 이 말을 듣고 대경실색하여 말하기를

"여아를 이별한 후 천우신조(天佑神助)하여 상봉하여 그간 그립던 회포도 풀지 못하고 또 이별하리까?"
하니 주부가 말하기를

"부인은 나의 변화지수(變化之手)를 모르나이까? 추호도 걱정 마옵소서."
하고 외당으로 나가는지라. 매화가 이 말을 듣고 정신이 아득하여 가슴이 무너지는 듯하는지라.

미화 뭇친을 더하여 문 왈 아반님게서 소녀을 엇더한 가로 정
혼하시연는지 아지 못하거니와 규중처자 엇지 혼사을 알고저
하리요 하거날 미화 또 문 왈 소녀 비록 여자로되 알고저 하난
니다 부인이 재착 왈 너 아라 무엇 핫리요 하신이라 다시난
뭇지 못하고 마음만 상할 다름이라 각설 잇써 주부 동자을 명
하여 연아동에 가 병사 아달 양유을 잡아 오라 하고 병 호자을
써서 동자 등에 붓치니 범이 되난지라 게하에 나려 복지하고
직시 연화동을 차자기서 병사의 너당에 드러가니 분주하거날
그 범이 눈을 부릅쓰고 드러가니 여러 사람드리 더경질색

매화가 모친께 물어 말하기를

　"아버님께서 소녀를 어떠한 가문과 정혼하시었는지 알지 못하거니와 규중처자가 어찌 혼사를 알고자 하리오?"

하거늘 매화가 또 묻기를

　"소녀 비록 여자로되 알고자 하나이다."

하니 부인이 크게 꾸짖어 말하기를

　"네가 알아 무엇 하리오?"

하시니라. 다시는 묻지 못하고 마음만 상할 따름이라.

　각설.

　이때 주부가 동자에게 명하여 연화동에 가서 병사의 아들 양유를 잡아오라 하고 범 '호(虎)'자를 써서 동자 등에 붙이니 범이 되는지라. 계단 아래 내려 땅에 엎드려 절하고 즉시 연화동을 찾아가서 병사의 내당에 들어가니 분주하거늘 그 범이 눈을 부릅뜨고 들어가니 여러 사람들이 대경실색하며

하며 업더저 기절하난지라 그 범이 쏘 학당에 드러가니 잇째
양유 월색을 디하여 잠을 이루지 못하고 청천에 나와 미화 검
검 불근 가지을 격거 들고 네가 미화냐 미화야 나무는 여기
잇건만은 미화는 어데 가고 양유 청청 푸른 가지 홀노 안전난
고 명일이 디산 날이라 하니 디사가 원수로다 원수로다 조자룡
의 월강하던 비룡마가 잇사오면 도망하여 미화을 차즈련만 골
수에 병이로다 이럿타시 자탄할 제 문듯 횟바람 소리 나며 큰
범이 왈각 달여드어 양유 집어 업고 바람 갓치 달여가니 양유
대경실색하여 아모 할 줄 모르고 반생반사 하연난지라 순식간
에 정문에

엎어져 기절하는지라. 그 범이 또 학당에 들어가니 이때 양유는 월색을 대하여 잠을 이루지 못하고 창전에 나와 매화의 붉은 가지를 꺾어 들고

"네가 매화냐? 매화야, 나무는 여기 있건마는 매화는 어디 가고 양유 푸르고 푸른 가지 홀로 앉았는고? 내일이 대사 날이라 하니 대사가 원수로다. 원수로다. 조자룡이 강 건너던 비룡마가 있으면 도망하여 매화를 찾으련만. 골수에 병이로다."

이렇듯이 자탄할 제, 문득 휘파람 소리 나며 큰 범이 왈칵 달려들어 양유를 집어 업고 바람같이 달려가니 양유가 대경실색하여 어떻게 할 줄을 모르고 반생반사(半生半死) 하였는지라. 순식간에 정문에

다다르니 동방 의무 박거날 초당에 드러가니 주부 디경하야
동자을 불너 약을 주며 구안하라 하거날 양유 그 약을 먹의니
마음 상쾌한지라 주부 양유을 자바오라 한디 동자 영을 듯고
양유을 게하에 꿀이거날 주부 호령 왈 너난 엇더한 놈이간디
미화을 사랑하여 뿌뿌 되기을 원하여 남의 간장만 녹키여 쫏차
너보니요 미화는 의탁할 곳시 업서 디강수에 빠저 죽어시니
이팔청춘에 이 낭자 엇지 원통치 안으리요 그 죄을 생각하여
너을 엇지 살여 두리요 한디 양유 미화 죽엇단 말을 듯고 양유
발을 동동 구르며 왈 존공은 미화 죽은 곳을

다다르니 동쪽이 이미 밝았거늘 초당에 들어가니 주부가 대경하여 동자를 불러 약을 주며 구완하라 하거늘 양유가 그 약을 먹으니 마음이 상쾌한지라.

주부가 양유를 잡아오라 한대, 동자가 명령을 듣고 양유를 계단 밑에 꿇리거늘 주부가 호령하여 말하기를

"너는 어떠한 놈이건대 매화를 사랑하여 부부 되기를 원하여 남의 간장만 녹이어 쫓아 내보내느뇨? 매화는 의탁할 곳이 없어 큰 강물에 빠져 죽었으니 이팔청춘에 이 낭자가 어찌 원통치 않으리오? 그 죄를 생각하면 너를 어찌 살려 두리오?"

한대, 양유가 매화 죽었다는 말을 듣고 발을 동동 구르며 말하기를

"어르신께서 매화가 죽은 곳을

## 20 - 앞

가랏처 주소서 나도 쏘한 딕강수에 빠저 죽어 황천에 드러가
믹화에 짝이 되야 가슴에 맷친 원을 풀고저 하난이다 하고 무
수이 애결하난지라 주부 가로딕 후토산신이 범을 닉여 너을
잡아 왓시니 오날 밤에 범을 주리라 하고 동자로 하여금 저
방에 가두라 하거날 양유 동자을 따라가니 분벽사창의 평픈을
둘넛또다 단정이 황홀한지 양유 죽을 일 생각하니 정신이 아득
한지라 방중에 업더저 우난 마리 이팔청춘 이 닉 몸이 할 일
업시 죽을지라 불쌍하다 우리 붓친게옵서 다만 독자 나을 두고
금옥갓치 사랑하더니 어드 째 다

가르쳐 주소서. 저도 또한 큰 강물에 빠져 죽어 황천에 들어가 매화의 짝이 되어 가슴에 맺힌 원을 풀고자 하나이다."
하고 무수히 애걸하는지라.

주부가 가로되

"후토산신이 범을 내어 너를 잡아왔으니 오늘밤에 너를 범에게 주리라."
하고 동자로 하여금

"저 방에 가두라."
하거늘 양유가 동자를 따라가니 분벽사창에 병풍을 둘렀도다. 단청이 황홀한지라. 양유가 죽을 일을 생각하니 정신이 아득한지라. 방중에 엎드려 우는 말이

"이팔청춘 이 내 몸이 하릴없이 죽을지라. 불쌍하다, 우리 부친께서 다만 독자인 나를 두어 금옥같이 사랑하더니 어느 때 다시

시 볼고 이럿타시 슬피 울 제 동자 큰 상을 들고 드러와 양유 압펴 녹고 음식을 권하거날 양유 왈 죽을 사람이 엇지 음식을 먹그리요 한듸 답 왈 그듸는 남자가 아니로다 하며 죽은 제왕 도 못 면하거날 엇지 이러한 음식을 먹지 안이하리요 하며 만 단 위로하거날 양유 마지못하여 그 음식을 먹으니 힝늬가 나고 세상 음식과 다르니라 양유 왈 동자는 나을 살여 주소서 한듸 동자 답 왈 선생 문하에 심 년을 공부하여도 이 방에 갓치엿다 가 사라 나가는 사람은 보지 못 하연나니다 양유 울며 가로대 죽의면 엇지 죽나요 동자 답 왈 그 범이 와

볼고?"

이렇듯이 슬피 울 제, 동자가 큰 상을 들고 들어와 양유 앞에 놓고 음식을 권하거늘 양유가 말하기를

"죽을 사람이 어찌 음식을 먹으리오?"

한대, 답하기를

"그대는 남자가 아니로다."

하며

"죽음은 제왕도 면하지 못하거늘 어찌 이러한 음식을 먹지 아니하리오?"

하며 만단 위로하거늘 양유가 마지못하여 그 음식을 먹으니 향내가 나고 세상 음식과 다르니라. 양유가 말하기를

"동자는 나를 살려 주소서."

한대 동자가 답하기를

"선생 문하에 십 년을 공부하여도 이 방에 갇혔다가 살아 나가는 사람은 보지 못 하였나이다."

양유가 울며 가로되

"죽으면 어찌 죽나요?"

동자가 답하기를

"그 범이 와서

사람을 자바 머거니와 만약에 여자 귀신이 노구홍상을 입고
들어와 안지면 신의 제 외삼촌이라도 사라가지 못하나니다 하
거늘 양유 이 말을 듯고 대경하며 아무리 할 줄을 모르더니
날이 이무 황혼이 되미 동자 정화수 한 그릇을 소반에 밧처
들고 들어와 방중에 녹코 초불을 발키거늘 양유 디왈 동자은
나을 살여 주소서 하니 동자 답 왈 원명이 그뿐이라 낸들 엇지
살리리요 만일 여자 귀신이 들어와 절하면 일어나 절을 마지소
서 정성이 지극하면 천힝으로 살아 나니다 하고 박그로 나가거
날 양유 홀노 안저신이 밧게서 범이 곳 드러오난 듯 하미 실노

사람을 잡아먹거니와 만약에 여자 귀신이 녹의홍상을 입고 들어
와 앉아 있으면 귀신이 제 외삼촌이라도 살아가지 못하나이다."
하거늘 양유가 이 말을 듣고 대경하며 어찌할 줄을 모르더니
날이 이미 황혼이 되매 동자가 정화수 한 그릇을 소반에 받쳐
들고 들어와 방안에 놓고 촛불을 밝히거늘 양유가 말하기를
　"동자는 나를 살려 주소서."
하니 동자가 답하기를
　"원래 목숨이 그뿐이라. 난들 어찌 살리리오? 만약 여자 귀
신이 들어와 절을 하면 일어나 절하여 맞으소서. 정성이 지극
하면 천행으로 살아나리이다."
하고 밖으로 나가거늘 양유가 홀로 앉았으니 밖에서 범이 곧
들어오는 듯하매 실로

## 21 – 뒤

두럽더라 청천월색은 명낭한디 구름만 얼는 지내여도 범이 오
난 듯 바람 소래에 나무 입만 벗석하여도 귀신인가 염여할 이
팔청춘 어린 아히 일천 간장 다 녹는다 밧게로서 은근한 곡성
소리 들이거날 정신 차려 드르니 아가 아가 드러가자 어만님
못가겻소 밤이 깁도록 위로하야 밤이 이무 깁퍼시니 어서 밧비
드러가자 가슴을 쾅쾅 치며 발을 동동 구르며 나 죽어도 못가
겻소 하며 문을 덜컥 열고 방으로 드어와 당팡하거날 양유 깜
작 놀너여 금침을 씨고 가만이 살펴보니 엇더한 낭자가 노기홍
상을 입고 와년이 드러와 안자 슬퍼하거날 양유 이거시 귀신이
호랑이가 둥갑

두렵더라. 맑은 하늘에 달빛은 명랑한데 구름만 얼른 지나가도 범이 오는 듯 바람 소리에 나뭇잎만 버석하여도 귀신인가 염려할 제, 이팔청춘 어린아이 일천 간장 다 녹는다.

밖으로부터 은근한 곡성 소리가 들리거늘 정신 차려 들으니

"아가, 아가. 들어가자."

"어머님, 못 가겠소."

밤이 깊도록 위로하여

"밤이 이미 깊었으니 어서 바삐 들어가자."

가슴을 쾅쾅 치며 발을 동동 구르며

"나 죽어도 못 가겠소."

하며 문을 덜컥 열고 방으로 들어와 당황하거늘 양유가 깜짝 놀라 금침을 둘러쓰고 가만히 살펴보니 어떤 낭자가 녹의홍상을 입고 완연히 들어와 앉아 슬퍼하거늘 양유가

"이것이 귀신이 호랑이로 둔갑한 것인가?"

하연는가 아무리 할 주 모르더니 낭자 이러나 극진이 재배하거
날 양유 마지못하여 이러나 음복하고 재배하고 좌한디 문득
광풍 이러나면 방문이 열이더니 일 복서 나라 드러와 방중에
나라 드러와 너려지거날 혼미 중에 그 글을 보니 하엿스되 만
산산 초목이 다 푸르나 양유 미화난 엇지 봄소식을 모르나요
하야더라 낭자 그 글을 보고 낭자 거동을 살펴보니 와연한 그
태도난 미화 갓도다 마음은 이러하나 엇지 미화가 잇시리요
한디 낭자 이 말을 듯고 두 팔을 변듯 들어 수자을 살펴보며
왈 미화 엇지 산중에 업스리요만는 이 산중에 양유 업건만은
양유가 엇지 예 완나닛가 양유 디경하야 자세이 살펴보니 미화

하며 어찌할 줄 모르더니, 낭자가 일어나 극진히 재배하거늘 양유가 마지못하여 일어나 음복하고 재배하고 앉았는데 문득 광풍이 일어나며 방문이 열리더니 봉서 하나가 날아 들어와 방안에 내려지거늘 혼미한 중에 그 글을 보니 하였으되

"만산 초목이 다 푸르나 양유와 매화는 어찌 봄소식을 모르나요?"

하였더라. 양유가 그 글을 보고 낭자 거동을 살펴보니 완연한 그 태도는 매화 같도다.

'마음은 이러하나 어찌 매화가 있으리오?'

한대 낭자가 이 말을 듣고 두 팔을 번듯 들어 수재를 살펴보며 말하기를

"매화가 어찌 산중에 없으리오마는 이 산중에 양유는 없건마는 양유가 어찌 여기에 왔나니까?"

양유가 대경하여 자세히 살펴보니 매화가

가 분명한지라 이거시 꿈이냐 싱시냐 네가 진정 미화냐 살아
등신이냐 죽어 혼신이냐 명천이 감동하사 그디 얼골 다시 본가
하고 동방화촉에 은근한 설화 다 하더라 그 후 그 부모을 다시
만나 평성을 안과할 제 깁븜을 엇지 다 층양하리요 이 칙은
삼권이라 후권을 다시 봉하시면 시종을 알리라 명천이 감동하
사 그대 얼골 다시 보니 이제는 죽어도 한이 업슬지라 한디
미화 흉중이 막겨 아모 말도 못하고 눈물을 흘이더니 이제야
정신을 진정하여 왈 그디 날노 더부러 빅년기약 못 미저 골수
에 박겨드니 조물이 시기하야 그디을 이별하고 상사 일 년 병
이옵드니 그디을 다시 만나 이싱 기약 미자

분명한지라.

"이것이 꿈이냐, 생시냐? 네가 진정 매화냐? 살아 등신이냐, 죽어 혼신이냐? 명천이 감동하사 그대 얼굴 다시 보는가?"

하고 동방화촉에 은근한 이야기를 다 하더라. 그 후 부모를 다시 만나 평생을 편안히 지낼 제, 기쁨을 어찌 다 측량하리오? 이 책은 상권이라. 후권을 다시 보시면 시종을 알리라.

"명천이 감동하사 그대 얼굴을 다시 보니 이제는 죽어도 한이 없을지라."

한대 매화의 가슴속이 막혀 아무 말도 못하고 눈물을 흘리더니 이제야 정신을 진정하여 말하기를

"그대, 나와 더불어 백년가약을 못 맺어 골수에 박혔더니 조물이 시기하여 그대를 이별하고 상사(相思) 일 년 병이옵더니 그대를 다시 만나 이생 가약을 맺었으니

신이 이제 죽어도 무삼 한이 잇스리요 하며 서로 목을 안고
수양버들체로 광풍에 쓰러진 듯 벽해 소상 흑용 채운 면의 넘
노난 듯 수지오거 비들키난 순금 상에 노난 듯 틱산같이 놉픈
말과 하희같이 집픈 정을 밤새도록 설화할 제 미화 희색이 만
만하야 창천 미화꽃이 필 제 날 싱각 멋 번이나 하엿난잇가
나는 그대을 이별하고 산중의로 드러와 부모을 만난 후에 그더
을 만나신이 엇지 길겁지 안니하리요 양유 가로터 나도 그대을
이별하고 상사 일년 병이 되야던이 천우신조하사 우연이 이고
대 와 서로 만나신니 이난 하날이 지수한 빅라 하고는 일한
정의로 밤을 지너고 사랑한 정을 엇지 칭양하리요 날이 발그미
매화난 니당의

이제 죽어도 무슨 한이 있으리오?"

하며 서로 목을 안고 수양버들처럼 광풍에 쓰러진 듯 벽해 소상 흑룡이 채운(彩雲) 간에 넘노는 듯 수지오거 비둘기는 수금 상에 노는 듯 태산같이 높은 말과 하해같이 깊은 정을 밤새도록 이야기할 제, 매화가 희색이 만안하여

"창전 매화꽃이 필 제, 나를 몇 번이나 생각하였나이까? 나는 그대를 이별하고 산중으로 들어와 부모를 만난 후에 그대를 만났으니 어찌 즐겁지 아니하리오?"

양유가 말하기를

"나도 그대와 이별하고 상사(相思) 일 년 병이 되었더니 천우신조하사 우연히 이곳에 와 서로 만났으니 이는 하늘이 가리킨 바라."

하고는 이러한 정으로 밤을 지내고 사랑한 정을 어찌 측량하리오?

날이 밝으매 매화는 내당으로

로 드러가고 양유 홀노 안저더니 동자 드러와 홀년 소왈 간밤
에 범이 왓더요 양유 왈 녹의홍상 귀신이 와 자고 니당의로
드러간나니다 하거날 동자 소왈 그디난 간밤에 평생 그립든
고인을 만나신이 이제난 무삼 염여 잇스리요 하며 무수이 히롱
하며 선생님게서 수자을 청하오니 날을 따라 가사니다 양유
동자을 따라 외당에 나가 주부을 뵈온대 히식이 만안하여 왈
너는 내의 인서라 엇지 사랑치 안이하리요 하시고 내당에 드러
가 빙모을 뵈아라 하거날 양유 니당에 드러가 부인을 뵈온대
연연하시고 왈 그디 내의 여식의 로 더부러 공부하엿다 하더니
오날날 부부 되얏시니 엇지 사랑치 안니 하리요 하시고 잔을
부어 디접하난지라

들어가고 양유가 홀로 앉았더니 동자가 들어와 홀연 웃으며 말하기를

"간밤에 범이 왔더뇨?"

양유가 말하기를

"녹의홍상 귀신이 와서 자고 내당으로 들어갔나이다."

하거늘 동자가 웃으며 말하기를

"그대는 간밤에 평생 그리워하던 고인을 만났으니 이제는 무슨 염려가 있으리오."

하며 무수히 놀리며

"선생님께서 수재를 청하오니 나를 따라가사이다."

양유가 동자를 따라 외당에 나가 주부를 뵈오니 희색이 만안하여 말하기를

"너는 내 사랑하는 사위라. 어찌 사랑하지 아니하리오?"

하시고

"내당에 들어가 빙모를 뵈어라."

하거늘 양유가 내당에 들어가 부인을 뵌대 연연하시고 말하기를

"그대는 내 여식과 더불어 공부하였다 하더니 오늘 이렇게 부부가 되었으니 어찌 사랑치 아니하리오?"

하시고 잔을 부어 대접하는지라.

민화난 양유로 더부러 부사창점 중에 서로 풍월을 지여 화답하
여 즐기난 거동은 원앙 한 쌍이 녹수을 만난 듯하더라 양유
낭자의 아름다온 거동을 보니 월퇴황호 그 퇴도난 산중에 민화
가 세류을 먹음고 반펴 난 듯하난지라 매화 대왈 남군의 활달
한 거동을 보니 영웅한걸 즛 뒤로난 산중 양유가 광풍의 춤을
취난 듯 하나이다 하며 서로 즐거하난지라 거동은 비할 대 업
더라 각설 이때에 병사난 양유를 호식하여 보내고 사냥군을
보내고 골골이 뒤여본들 산중에 인난 양유을 어찌 찾으리오
헛통이 도라와 주야 자탄하고 식음을 제폐하고 죽기로 한상하
난지라 이적의 주부난 연안동 주부 집으로 촛차가니 병사 주부
고이어다 접대

매화가 양유와 더불어 서로 풍월을 지어 화답하며 즐기는 거동은 원앙 한 쌍이 녹수를 만난 듯하더라. 양유가 낭자의 아름다운 거동을 보니 월태화용(月態花容) 그 태도는 산중에 매화가 세류를 머금고 반만 핀 듯하는지라. 매화가 말하기를

"낭군의 활달한 거동을 보니 영웅호걸 모습 뒤로는 산중의 양류가 광풍에 춤을 추는 듯하나이다."

하며 서로 즐거워하는지라. 거동은 비할 데 없더라.

각설.

이때에 병사는 양유를 호식하여 보내고 사냥꾼을 보내어 골골이 뒤져본들 산중에 있는 양유를 어찌 찾으리오? 헛되이 돌아와 주야 자탄하며 식음을 전폐하고 죽기로 한탄하는지라. 이때에 주부는 연안동 주부 집으로 쫓아가니 병사가 주부를 모시어 접대하거늘

하거날 주부 예필 후에 가로대 난 장단 연화동의 김 주부였던
니 딸자식 매화를 일코 팔도강산을 찾아다녔더니 듯사오니 남
복을 입고 귀댁의 자제와 공부한다 하오니 오늘 서로 반계 하
옵소서 한대 병사 대경 왈 과연 공부하더니 여자다 하기로 내
당에 두고 혼사할 뜻이 있어 연화동을 찾자가 근본을 아라보니
천인의 자식이라 하옵기로 보내나니다 나난 누대 동부거족이
라 어찌 남을 천인이라 하난요 만일 매화를 차자오지 아니하면
조정에 공논하고 병사의 생명을 업샐 것이니 급피 차저 오라고
하니 병사 위로 왈 나도 자식을 호식하여 보내고 주야로 슬퍼
한이 이러한 마해 수를 알았으면 어찌 혼사를 안이 하리요 무
수히 애결하난지라 주부 왈

주부가 예를 갖추어 인사한 후에 말하기를

"나는 장단 연화동의 김 주부로, 딸자식 매화를 잃고서 팔도 강산을 찾아다녔더니 듣자오니 남복을 입고 귀댁의 자제와 공부한다 하오니 오늘 서로 보게 하옵소서."

하니 병사가 대경하여 말하기를

"과연 공부하였더니 여자라 하기로 내당에 두고 혼사할 뜻이 있어 연화동을 찾아가 근본을 알아보니 천인의 자식이라 하옵기로 보냈나이다."

"나는 대대로 공후거족이라. 어찌 나를 천인이라 하느뇨? 만일 매화를 찾아오지 아니하면 조정에 공론하고 병사의 생명을 없앨 것이니 급히 찾아오라."

하니 병사가 위로하여 말하기를

"나도 자식을 호식하여 보내고 주야로 슬퍼하니 이런 일을 알았으면 어찌 혼사를 아니 하였으리오."

무수히 애걸하는지라. 주부가 말하기를

매화는 병사 자부가 될 것이니 아모조록 차저오소서 하거날
병사 자탄 왈 나는 자식이 없는 사람이라 어찌 자부를 엇으리
요 주부 왈 구월산을 찾어오소서 정성이 지극하면 양유를 만나
리라 하고 인하여 간대 없거날 병사 실노 고히하여 사방으로
살펴보니 주부난 없난지라 이것이 꿈이야 귀신이 나를 쇠기난
야 근심하다가 마지못하여 구월산을 찾어갈 시 지팡막대기로
찾어가니 박학천 봄은 체색으로 물너였고 폭포난 요한대 백운
삼천에 어데로 가리오 갈 발을 모르고 진퇴양난이라 병사 석상
에 않아 자탄 왈 내 자식 양유난 죽었느냐 살았느냐 만일 네
얼골 못 볼진대 백골이 진퇴 된들 있을소냐 하고 무수이 슬퍼
하난지라 이때 주부난 기문을 보다가 한 꾀를 생각하더니 동자
을 불너 왈 오날은 병사가 찾어오난가 싶으니 급히 박에 나가
보고 오라 하고 무슨 부작을

"매화는 병사의 자부가 될 것이니 아무쪼록 찾아오소서."

하거늘 병사가 자탄하여 말하기를

"나는 자식이 없는 사람이라. 어찌 자부를 얻으리오?"

주부가 말하기를

"구월산을 찾아오소서. 정성이 지극하면 양유를 만나리라."

하고 간데없거늘 병사가 실로 괴이하여 사방으로 살펴보니 주부는 없는지라.

"이것이 꿈인가? 귀신이 나를 속이는가?"

근심하다가 마지못하여 구월산을 찾아갈 새 지팡막대기로 찾아 가니 만학천봉은 온갖 색으로 물들었고 폭포는 요요한데, 백운 산천에 어디로 가리오? 갈 바를 모르고 진퇴양난(進退兩難)이라. 병사가 석상에 앉아 자탄하기를

"내 자식 양유는 죽었느냐, 살았느냐? 만일 네 얼굴을 못 볼진대 백골이 진토가 되어도 잊을쏘냐?"

하고 무수히 슬퍼하는지라.

이때 주부는 기문을 보다가 한 꾀를 생각하더니 동자를 불러 말하기를

"오늘은 병사가 찾아오는가 싶으니 급히 밖에 나가 보고 오라."

하고 무슨 부적을

써서 주거날 동자 받아 가지고 밖에 나가니 노인이 석상에 않
아 자탄하거날 나아가 배려한대 병사 대회한며 왈 동자는 어디
잇난지 모르거니와 나을 인도하야 주옵소서 하거날 동자 바위
우에 부작을 붓치니 바위가 변하여 말이 되거날 말을 한번 히
롱하니 잇글고 가거날 병사 실노 고히하야 은근이 하면 책을
히롱하니 만장 공별을 헷치난 듯 가더라 동자 초당의로 인도하
거날 병사 방으로 드어가니 주인이 업난지라 좌석을 살펴보니
분벽사창에 평풍을 둘너난디 화무석의 호피 도도기에 산호 책
상 우에 만권시서을 노와 잇고 한편 바라보니 왼갓 서약을 노
왓난디 불노초 불스약과 죽을 사람 환생약

써서 주거늘 동자가 받아 가지고 밖에 나가니 노인이 석상에 앉아 자탄하거늘 나아가 배려한대 병사가 대회하며 말하기를

"동자는 어디 있는지 모르거니와 나를 인도하여 주옵소서."

하거늘 동자가 바위 위에 부적을 붙이니 바위가 변하여 말이 되거늘 말을 한 번 놀리니 이끌고 가거늘 병사가 실로 괴이하여 은근히 한 번 채찍을 놀리니 만 길이나 되어 보이는 높은 산들을 헤치는 듯 가더라.

동자가 초당으로 인도하거늘 병사가 방으로 들어가니 주인이 없는지라. 좌석을 살펴보니 분벽사창에 병풍을 둘렀는데 화문석에 호피 돋움, 산호 책상 위에 만권시서가 놓여 있고 한편을 바라보니 온갖 약이 놓였는데 불로초, 불사약과 죽을 사람 살리는 환생약과

과 채략하난 장군초와 용 소힝이며 신삼 녹용을 각각지로 노와 있고 책상을 바라보니 과 팔쾌 선문 이도 지리편과 기문 병사 육도 삼양을 이 싸여 잇고 쏘 석편을 바라보니 삼척 장금을 노와난디 갑옷 철퇴 장창이며 장군 일디 조출이며 철궁 용궁 목궁이며 외전살과 연진살과 화약살과 염초을 여기저기 노와 난디 귀경을 다한 후에 공중의로 옥제 소리 들이거날 자세이 살펴보니 주부 학을 타고 좌수에 빅운선을 들고 니려와 병사에 손을 잡고 흔연 소왈 그간에 깃체 엇더하옵시며 기구한 산중에 이럿타시 근고하시니 도로혀 미안하여이다 병사 디경디하여 왈 촌공이 어디 게신지 아지 못

기운을 세게 하는 장군초와 용 사향이며 산삼, 녹용이 갖가지로 놓여 있고 책상을 바라보니 주역 팔괘, 선문 이도 지리 편과 기문 병서 육도삼략이 쌓여 있고 또 서편을 바라보니 삼척 장금을 놓았는데 갑옷, 철퇴, 장창이며 장군 일대 조총이며 철궁, 용궁, 목궁이며 외전살과 연진살과 화약살과 염초를 여기저기 놓았는데 구경을 다한 후에 공중으로부터 옥저 소리가 들리거늘 자세히 살펴보니 주부가 학을 타고 왼손에 백우선을 들고 내려와 병사의 손을 잡고 흔연히 웃으며 말하기를

"그간 기체 어떠하옵시며 기구한 산중에 이렇듯이 근고하시니 도리어 미안하여이다."

병사가 대경대회하여 말하기를

"어르신께서 어디 계신지 알지 못

하엿드니 엇지 이곳에 와 만날 줄을 아라스리요 일히일비하여
왈 니의 자식 양유의 사생을 하지 못하오니 존공은 내의 이궁
한 정덕을 생각하와 자식 양유을 만나게 하옵소서 한디 주부
답 왈 수년 전에 동자 남산으로 약 캐로 가다가 엇더한 범이
엇더한 아히을 업고 온다 하기로 급피 내다라 거에 죽게 되야
구완 후 거주성명을 무르니 조 병사의 아달이라 하옵고 거동이
비범하기로 니의 여식 미화로 더부러 혼사을 지내엿삽드니 엇
지 존공의 아달인 줄 아라시리요 저에 내외 한방에서 글공부하
나니다 병사 더욱 대경하여 왈 매화 엇지 이곳에 차저 왓스며
호식하여 죽은 자식으로 살여 주

하였더니 어찌 이곳에 와서 만날 줄 알았으리오?"

일희일비하며 말하기를

"내 자식 양유의 생사를 알지 못하오니 어르신께서는 내 불쌍한 정을 생각하여 자식 양유를 만나게 하옵소서."

한대 주부가 답하여 말하기를

"수년 전에 동자가 남산으로 약을 캐러 가다가 어떤 범이 한 아이를 업고 온다 하기로 급히 내달아 거의 죽게 되어 구완한 후 거주성명을 물으니 조 병사의 아들이라 하옵고, 거동이 비범하기에 내 여식 매화와 더불어 혼사를 지내었는데 어찌 어르신의 아들인 줄 알았으리오? 저희 내외는 한방에서 글공부하나이다."

병사가 더욱 대경하여 말하기를

"매화가 어찌 이곳에 찾아왔으며 호식하여 죽은 자식을 살려주시니

신이 그 은혜을 엇지 갑푸리요 쏘한 매화의 짝이 되얏스니 이
난 하날이 인연을 지수하신 배라 엇지 질겁지 안이하리요 하시
고 만나 보기을 청한디 주부 동자을 불너 병사을 모시라 하신
대 병사 동자을 따라 중문에 드러가니 방문을 열고 의지하니
청용 황용이 오식 구름을 싸여 굿부을 처결하여 왈 병사 놀내
여 급피 나와 외당의로 가 주부을 디하여 왈 청용 황용만 잇삽
고 양유난 업기로 나왓나니다 주부 빅운선을 히롱하며 또 다시
가 보소서 하거날 병사 동자을 따라 중문을 열고 보니 용은
간 디 업고 천금 디화가 좌의로 안저저거날 병사 디경하야 외
당으로 나가 주부을 디하야

그 은혜를 어찌 갚으리오? 또한 매화의 짝이 되었으니, 이는
하늘이 인연을 맺어 주신 바라. 어찌 즐겁지 아니하리오?"
하시고 만나 보기를 청한대 주부가 동자를 불러 병사를 모시라
하신대 병사가 동자를 따라 중문에 들어가니 방문을 열고 의지
하니 청룡과 황룡이 오색구름에 싸여 굽이치고 있거늘 병사가
놀라 급히 나와 외당으로 가서 주부를 대하여 말하기를

"청룡과 황룡만 있삽고 양유는 없기로 나왔나이다."

주부가 백우선을 놀리며

"또다시 가 보소서."
하거늘 병사가 동자를 따라가 중문을 열고 보니 용은 간데없고
천금 대호가 좌우로 앉아 있거늘 병사가 대경하여 외당으로
나가 주부를 대하여

인걸하여 왈 존공은 나을 위로하여 왈 자식을 만나게 하옵소서
한디 동자 답 왈 병사은 심이 우숩도다 양유 미화가 금 방 잇거
날 한갓 두려한 일만 생각하와 방으로 드러가지 못하니 엇지
만나릿가 주부 히식이 만안하야 병사의 손을 잡고 드러가니
범은 간 디 업고 원앙 한 쌍이 서책을 펴여 녹코 안저 거날
주부 양유을 불너 보니 원앙은 간 디 업고 이팔청춘 고혼 양유
와 선녀갓튼 매화로 더부러 글을 보고 안저다가 디경디히 통곡
왈 소자는 양유로소이다 불효자는 부모 간장을 상케 하와 불효
막디지죄을 엇지 면하리요 무수이 슬퍼하난지라 병사

애걸하며 말하기를

"어르신께서는 저를 위로하여 자식을 만나게 하소서."

한대, 동자가 말하기를

"병사께서는 심히 우습도다. 양유와 매화가 그 방에 있거늘 한갓 두려운 일만 생각하시어 방으로 들어가지 못하니 어찌 만나리까?"

주부가 희색이 만안하여 병사의 손을 잡고 들어가니 범은 간 데 없고 원앙 한 쌍이 서책을 펴 놓고 앉아 있거늘 주부가 양유를 불러 보니 원앙은 간 데 없고 이팔청춘 고운 양유와 선녀 같은 매화가 함께 글을 보고 앉았다가 대경대희하여 통곡 하기를

"제가 양유로소이다. 불효자는 부모 간장을 상케 하여 불효 막대한 죄를 어찌 면하리오?"

하며 무수히 슬퍼하는지라. 병사가

제우 정신을 진정하여 양유에 손을 잡고 왈 이것시 꿈이냐 생
시냐 황천이야 다만 철천지하니 되야 거이 죽게 되얏더니 천우
신조하사 존공의 더부신 덕에 오날날 너을 살여서 만나보고
매화에 짝이 되얏스니 인제는 무삼 여한이 잇스리요 하며 무수
이 칭찬한지라 잇떠 매화 병사을 뵈오려 나올 적에 혼사 찰난
한지라 백옥 갓치 고흔 얼골 분세수 정이 하고 뒤에난 금봉채
요 옥 갓튼 두 귀 밋테 월귀당을 거러 잇고 손에 쬔 옥지환은
날빗츨 히롱하고 연초단 접저고리 상사단 옷고름에 윗갓 패물
을 다 다라 입고 백로주 뉘비바지 유무대단 웃치매에 홍더단으
로 안을 밧처 입고 거름거름 안어

겨우 정신을 진정하여 양유의 손을 잡고 말하기를

"이것이 꿈이야, 생시냐, 황천이야? 다만 철천지한이 되어 거의 죽게 되었더니 천우신조하사 어르신의 넓으신 덕에 오늘 너를 살려서 만나보고 매화의 짝이 되었으니 이제는 무슨 여한이 있으리오?"

하며 무수히 칭찬하는지라.

이때 매화는 병사를 뵈려 나올 적에 그 모습이 찬란한지라. 백옥같이 고운 얼굴에 분세수 정히 하고 뒤에는 금봉채요, 옥같은 두 귀 밑에 달 귀걸이를 걸었고 손에 낀 옥가락지는 햇빛을 놀리고 비단 겹저고리 비단 옷고름에 온갖 패물을 다 달아 입고 흰 비단 누비바지 무늬 있는 비단 치마에 붉은 비단으로 안을 받쳐 입고 걸음걸음 안아

잡고 나오난 거동은 천상 서녀가 학을 타고 행수산에 듯하더라
나와 병사 전에 재배 왈 구고게옵서 그간 깃체 안영하옵시며
기구 험노에 근고하시니 이난 다 소부에 허무리로다 병사 디경
하여 왈 노부 초야에 붓처 지감이 음서 현부을 아라보지 못하고
현부을 박절켜 하고 오날날 다시 보니 엇지 붓그럽지 안니하리
요 몬니 연연하시거날 매화 디왈 소부 불민하와 그리된 빈여
조금도 의심치 마옵소서 무수이 사려하더라 주부 양유을 선관
시기여 의관을 증제하고 북칭 사배한 후의 병사 전에 재비하고
주부을 뵈온디 천년한 거동은 천상 서녀 갓탄지라 주부 병사을
디하야 가로디 나는 연광 사십에 한 딸을 나어시되

잡고 나오는 거동은 천상 선녀가 학을 타고 행수산에 온 듯하더라. 나와서 병사 전에 재배하고 말하기를

"시부모님께서 그간 기체 안녕하오시며 험한 길 오시느라 근고하시니 이는 다 소부의 허물이로소이다."

병사가 대경하여 말하기를

"늙은이가 초야에 묻혀 어진 며느리를 알아보지 못하고 어진 며느리를 박절하게 대하고 오늘 다시 보니 어찌 부끄럽지 아니하리오?"

못내 연연하시거늘 매화가 대답하여 말하기를

"소부가 불민하여 그리된 것이니 조금도 걱정하지 마옵소서."
하고 무수히 사례하더라.

주부가 양유를 성관(成冠)시켜 의관을 정제하고 북향사배한 후 양유가 병사 앞에서 재배하고 주부를 뵈온대 천연한 거동은 천상 존재 같은지라.

주부가 병사를 대하여 가로되

"나는 나이 사십에 딸 하나를 낳았으되

양유와 부부 되기을 바래옵고 남복 입피여 귀딕의로 보내여
양유와 갓치 글공부하다가 몸이 탈노 나미 쫏차니엿시니 엇지
나의 조화가 아니리요 한대 병사 디왈 존공은 니두 길흉을 아
옵고 이디지 하오니 그 조화난 엇지 귀신도 칭양하오릿가 하고
외당의로 나와 경문을 귀경하더니 주부 백운선을 한번 히롱하
매 방안에 오색구름이 두루더니 좌편은 청산이요 우편은 녹수
로다 온갓 화초 만발한대 왼갓 새는 슬피 울고 잉무 공작 나라
든다 영산 홍노 봄바람에 봉점은 쌍쌍이 왕니하고 칭암절벽에
우난 거선 쥐꼴리요 빅빅홍 두견화에 두견도 슬피 울고 청송녹
수 가지에 백학이 안저 잇고 또 백옥병

양유와 부부 되기를 바라옵고 남복을 입혀 귀댁으로 보내어
양유와 같이 글공부하다가 몸이 탄로 나매 쫓아내었으니 어찌
나의 조화가 아니리오?"

한대 병사가 대답하기를

"어르신께서는 내두 길흉을 아옵고 이렇게 하시니 그 조화는
어찌 귀신도 측량하오리까?"

하고 외당으로 나와 경치를 구경하더니 주부가 백우선을 한
번 놀리매 방안에 오색구름이 두르더니 왼쪽은 청산이요, 오른
쪽은 녹수로다. 온갖 화초 만발한데 온갖 새는 슬피 울고 앵무
새, 공작새 날아든다. 영산홍로 봄바람에 봉접은 쌍쌍이 왕래
하고 층암절벽에 우는 것은 꾀꼬리요, 백백홍홍(白白紅紅) 두
견화에 두견도 슬피 울고 청송녹죽(靑松綠竹) 가지에 백학이
앉아 있고 또 백옥병이

이 요란하더라 옥동자 나와 천은철합을 내여 녹코 백통대에
담배 붓처 주부게 들인 후에 또 한 대을 너어 병사 전에 들이거
날 병사게서 고이하야 동자을 붓들고저 하니 동자 놀닉여서
방의로 드러 가난지라 병사 문왈 악가 그 부인은 엇더한 사람
이면 그 동자는 엇더한 동자이릿가 그는 다 닉의 친족이난 시
비로다 하고 바통흔난을 불너 세월을 보내더라 매화 양유난
소년시절 고상하고 다시 만나 부모님게 효도하고 부귀 다남하
고 만더 유손하엿도다 이 세상에 나와 각고 선심으로 마음 닥
가 후 세상에 매화 양유 갓튼 조흔 배필 만나 각고

요란하더라. 옥동자가 나와 천은설합(天銀舌盒)을 내어놓고 백통대에 담배를 붙여 주부께 드린 후에 또 한 대를 내어 병사 앞에 드리거늘 병사께서 괴이하여 동자를 붙들고자 하니 동자가 놀라 방으로 들어가는지라. 병사가 묻기를

"아까 그 부인은 어떠한 사람이며, 그 동자는 어떠한 동자이리까?"

"그는 다 나의 친족이나 시비(侍婢)로다."

하고 바둑 두기로 세월을 보내더라.

매화와 양유는 소년시절에 고생하고 다시 만나 부모님께 효도하고 부귀다남(富貴多男)[88]하고 만대 유손하였도다.

이 세상에 나와 각고(刻苦) 선심(善心)으로 마음을 닦아 훗날 세상에 매화와 양유 같은 좋은 배필 만나 각기

부귀 다남하여 만디 유손하여 보세


임인년 십이월 보름게 시작하여 겨묘년 정월 십칠 일 밤에 끗
을 지엿도다 이 책은 참으로 흥미가 잇기로 상구젱이 놀노 갓
다가 책을 빌여 각고와 노왓든 붓을 다시 잡고 삼십팔 세나
되여 어른들 편찬하여 밤으로 밤으로 등하엿스니 정이 두고
보게 하라

재산도 많고 지위도 높으며 아들도 많이 낳아 만대 유손하여
보세.


　임인년 십이월 보름께 시작하여 계묘년 정월 십칠 일 밤에
끝을 지었도다.
　이 책은 참으로 흥미가 있기로 상구집에 놀러 갔다가 책을
빌려 갖고 와 놓았던 붓을 다시 잡고 삼십팔 세나 되어 어른들
편찬하여 밤으로 밤으로 옮겼으니 깨끗이 두고 보게 하라.

미주

1) 양호유환(養虎遺患) : 화근을 내버려 두었다가 나중에 화를 입음.
2) 대경실색(大驚失色) : 매우 놀라 얼굴빛을 잃음.
3) 종무소식(終無消息) : 끝까지 아무 소식이 없음.
4) 연연하다 : 애틋해 하다.
5) 희색(喜色) : 기쁨이 나타나는 얼굴 빛.
6) 만안(滿顔) : 얼굴에 가득함.
7) 호식(虎食) : 호랑이에게 사람이 잡아먹힘.
8) 견필(見畢) : 읽기를 마치다.
9) 죄사무석(罪死無惜) : 죽어 마땅할 정도로 죄가 무거움.
10) 만단(萬端) : 여러 가지. 온갖.
11) 칠야(漆夜) : 매우 캄캄한 밤.
12) 여광여취(如狂如醉) : 미친 듯도 하고 취한 듯도 하다는 뜻으로, 이성을 잃은 상태를 이르는 말.
13) 흥진비래 (興盡悲來) : 즐거움이 다하면 슬픔이 온다는 뜻으로 세상 일이 돌고 돈다는 것을 말함.
14) 환우(喚友) : 벗을 부르다.
15) 백백홍홍(白白紅紅) : 희끗희끗 불긋불긋함.
16) 만첩청산(萬疊靑山) : 겹겹으로 쌓여 있는 푸른 산.
17) 학창(鶴氅) : 학창의. 소매가 넓고 솔기가 트인 흰 웃옷으로, 가를 검은 천으로 넓게 대었음.
18) 세류수양천만사(細柳垂楊千萬事) : 갈래갈래 늘어진 가느다란 수양버들 가지.
19) 어주축수애산춘(漁舟逐水愛山春) : 고깃배가 물을 쫓아 따라가니 봄 산이 정겹구나.
20) 차문주가하처재(借問酒家何處在) : 물어 말하기를 술집이 어디에 있는고?
21) 목동요지행화촌(牧童遙指杏花村) : 목동이 살구꽃 핀 마을 가리키는구나.
22) 동각설중매(東閣雪中梅) : 동쪽 누각에는 눈 속에 매화가 피었네.
23) 수지오지(誰知烏之) : '수지오지자웅(誰知烏之雌雄)'의 준말로 누가 까마귀의 암수를 알 수 있겠는가, 즉 사리분별의 어려움을 의미함.
24) 쌍거쌍래(雙去雙來) : 쌍쌍으로 오고 감.
25) 정하(庭下) : 뜰의 아래.
26) 녹음방초승화시(綠陰芳草昇華時) : 여름철을 가리킴.
27) 춘풍도리화개야(春風桃李花開夜) : 봄바람이 불고 복숭아 배꽃이 피는 밤.
28) 전전불매(輾轉不寐) : 몸을 이리 뒤척 저리 뒤척하며 잠을 이루지 못함.
29) 월색(月色) : 달이 비추는 빛.
30) 분벽사창(粉壁紗窓) : 하얗게 꾸며 놓은 벽과 비단을 바른 창으로, 여인이 거처하는 아름다운 방이라는 뜻.
31) 함지사지(陷之死地) : 목숨이 위태로운 지경에 처함.

32) 생재지망(眚災之亡) : 과오로 인해 죽음.

33) 지부왕(地府王) : 염라대왕.

34) 원명(原命) : 원래 타고난 목숨.

35) 침금(寢衾) : 이불.

36) 궤좌(跪坐) : 무릎을 꿇고 앉음.

37) 일봉서간(一封書簡) : 봉투에 넣어져 봉해진 한 통의 편지.

38) 단순호치(丹脣皓齒) : 붉은 입술과 흰 치아라는 뜻으로 아름다운 여인을 일컬음.

39) 벽해수(碧海水) : 바다의 깊은 물.

40) 하해(河海) : 큰 강과 바다.

41) 일구난설(一口難說) : 내용을 한 마디로 설명하기 어려운 경우를 말함.

42) 천정(天定) : 하늘이 정한 인연.

43) 계변(溪邊) : 시냇가.

44) 음양사립(陰陽絲笠) : 명주실을 촘촘히 붙여 만든 갓.

45) 은귀영자(銀貴纓子) : 은으로 된 귀한 영자.

46) 학슬풍안(鶴膝風眼) : 학 다리처럼 접을 수 있는 다리가 달린 바람과 티끌을 막기 위한 안경.

47) 줄 변자(邊子) : 남자용 마른신에 천을 둘러 장식하여 만든 신.

48) 완자문(卍字紋) : '卍' 자 모양을 연결하여 만든 무늬.

49) 호황모(胡黃毛) : 붓을 매는 데 쓰는 만주 지방에서 나는 족제비의 꼬리털.

50) 무심필(無心筆) : 다른 종류의 털을 박지 않은 붓.

51) 관지(款識) : 낙관(落款).

52) 주지(周紙) : 두루마리.

53) 모선(毛扇) : 옛날 벼슬아치가 추운 겨울날에 얼굴을 가리던 방한구.

54) 망건(網巾) : 상투를 틀 때 머리카락이 흘러내리지 않도록 머리에 두르는 망.

55) 궁초(宮綃) : 엷고 무늬가 둥근 비단.

56) 서대(犀帶) : 벼슬아치가 허리에 매던 띠.

57) 휘양 : 방한모의 하나.

58) 육도삼략(六韜三略) : 전법을 소개한 중국 책.

59) 백우선(白羽扇) : 흰 깃털로 만든 부채.

60) 근고(勤苦)하시니 : 애를 많이 쓰시니.

61) 중계(中階) : 집을 지을 때 기초가 되도록 한 층을 높게 쌓아 올린 단을 말한다.

62) 분세수(粉洗手) : 세수를 하고 분을 바르는 것.

63) 감태(甘苔) : 맛있는 김.

64) 채머리 : 뒷머리를 길게 늘어뜨린 머리 모양.

65) 낭자 : 쪽찐 머리 위에 딴머리를 얹고 긴 비녀를 꽂아 만든 머리.

66) 금봉채(金鳳釵) : 비녀의 머리 쪽에 봉황이 새겨진 금비녀.

67) 영초단(英綃緞) : 중국산의 비단 중 하나.

68) 상사단(相思緞) : 비단의 한 가지.

69) 유문대단(有紋大緞) : 무늬가 있는 중국 산 비단의 하나.

70) 홍대단(紅大緞) : 붉은 비단.

71) 흉당(胸膛) : 가슴의 한 중간.

72) 백릉(白綾)버선 : 무늬가 있는 흰 비단으로 만든 버선.

73) 기화요초(琪花瑤草) : 옥구슬같이 아름다운 꽃과 풀.

74) 영산홍녹(映山紅綠) : 산이 붉고 푸른빛으로 덮여 있음.

75) 연자(燕子) : 제비를 말함.

76) 연하(蓮荷) : 연꽃.

77) 불승청원(不勝淸怨) : 시의 한 구절. 기러기가 청원(淸怨)을 못 이겨 날아온다는 듯.

78) 산과(山果) : 산에서 나는 과일.

79) 목실(木實) : 나무에서 나는 열매.

80) 영영(盈盈) : 용모가 아름다움.

81) 천은설합(天銀舌盒) : 좋은 은으로 만든 서랍.

82) 엄심갑(掩心甲) : 가슴을 가리는 갑옷을 말한다.

83) 간과(干戈) : 방패와 창이라는 뜻으로, 전쟁을 비유하여 쓰이기도 하는 말.

84) 신명(身命) : 몸과 목숨.

85) 단순(丹脣) : 여인의 아름다운 입술.

86) 반개(半開) : 반쯤 열림.

87) 월침(月沈) : 달빛이 어둠침침함.

88) 부귀다남(富貴多男) : 재산이 많고 귀한 신분으로 자식이 많음.

저자 **서유경**

서울대학교 국어교육과를 졸업하고, 동대학원에서 석박사 학위를 취득하였으며, 현재 시립대학교 국어국문학과에 재직하고 있다.

주요 논문으로는 「공감적 자기화를 통한 문학교육 연구」(2002), 「고전문학교육 연구의 새로운 방향」(2007), 「〈숙향전〉의 정서 연구」(2011), 「〈심청전〉의 근대적 변용 연구」(2015) 등 다수가 있고, 저서로는 『고전소설교육탐구』(2002), 『인터넷 매체와 국어교육』(2002), 『판소리 문학의 문화 적응과 확산』(2016) 등이 있다.

# 매화전

초판인쇄  2018년 12월 17일
초판발행  2018년 12월 27일

옮 긴 이  서유경
책임편집  박인려
발 행 인  윤석현
등록번호  제2009-11호
발 행 처  도서출판 박문사
　　　　　Address: 서울시 도봉구 우이천로 353 성주빌딩 3F
　　　　　Tel: (02) 992-3253(대)　　　Fax: (02) 991-1285
　　　　　Email: bakmunsa@daum.net　Web: http://jnc.jncbms.co.kr

ISBN 979-11-89292-21-8  03810　　　　　정가 14,000원